ある日突然、ギャルの許嫁ができた 1

ONE DAY, OUT OF A GAL'S FORGIVING WIFE.

著 泉谷一樹 イラスト なかむら キャラクター原案・漫画 まめぇ

華月美蘭《はなつきみらん》
修二の許嫁である人気者の陽キャギャル。
屈託のない性格で、よく修二のことを気にかけている。
幼少時から大切にしている思い出があるようで……？
修二、おはよう〜

デートめっちゃ楽しかったよ♪

もうしばらくこのままでいいよ

修二、今日、ちょっと
体調悪そうだったし、無理しないで
永沢修二《えいざわしゅうじ》
陰キャでボッチでオタクな高校生。
自身とは正反対の美蘭に当初は困惑していたが、
段々と彼女に惹かれるようになり……？

まさに今、みらんは入浴中なのだが、
耳にお風呂場からの音が届くたびに、
俺の煩悩がかき乱されて仕方なかった。
テレビを流したり、違う音で紛らわそうとするのだが、
こういう時に限って聴覚が鋭敏で音を拾ってしまう。
今、みらんが
お風呂に入っている——
3.141
592…

ある日突然、ギャルの許嫁ができた 1

泉谷一樹

OVERLAP

CONTENTS

ONE DAY, OUT OF THE BLUE,
I GOT A GAL'S FORGIVING WIFE.

イラスト　なかむら
キャラクター原案・漫画　まめぇ

プロローグ　陰キャオタクと、陽キャギャル

『陰キャ』という言葉を知っているだろうか？

コミュニケーション能力が低く、陰気でイケてない奴《やつ》のことを指す言葉。スクールカースト下位に与えられる称号である。

たとえば、集合写真を撮る時に、いつも隅っこにいる奴。

たとえば、アクティブなイベントや行事が嫌いで、周りから一歩引いている奴。

たとえば、学校のイベントが終わった後のクラスの打ち上げに呼ばれない奴。


つまり、俺のことだ。


では、『ボッチ』という言葉を知っているだろうか？

友達がおらず、いつも一人でいる奴を指す言葉。スクールカースト下位に与えられる称号である。

たとえば、授業でグループを作る時に、一人だけあまって、先生を困らせる奴。

たとえば、休み時間に話す友達がいないので、寝たふりをして過ごす奴。

たとえば、昼休みに一緒に食事する相手がいないので、誰にも見られないところに移動してひっそりと一人で食べる奴。


つまり、俺のことだ。


なんなら俺は、アニメやゲームが大好きな『オタク』でもある。今日だって、深夜アニメをリアルタイムで視聴していたので、寝不足だ。

『陰キャ』で『ボッチ』で『オタク』というマイナスにマイナスを加えてマイナスで飾った、スクールカーストの地の底を這《は》いずり回る存在——それが俺・永沢修一《えいざわしゅうじ》だった。

俺を可哀《かわい》そうだと思う人も多いだろう。しかし、俺はボッチな陰キャオタクであることに悩んではいない。

一人は気楽だし、人の顔色を気にせず趣味に没頭できるなんて最高じゃないか……！

これは別に負け惜しみなんかじゃない。友達がいっぱいいる奴にも、女子と普通に喋《しゃべ》れる奴にも嫉妬なんか決してしていないから。ホント。マジで。百円あげるから信じて欲しい。

まあ、そんな筋金入りの陰キャオタクな俺だが、入学した高校の同学年に別ベクトルの存在がいた。

その存在とは、『陽キャなギャル』――華月美蘭《はなつきみらん》、である。

『陽キャ』とは、その文字のごとく『陰キャ』の対極。

友達がたくさんいて、異性とも気さくに話したり遊んだりできる、スクールカースト上位の存在である。そしてその中でも、ファッションや流行に目ざとい『ギャル』はさらに上位に君臨している。

そんな陽キャなギャル・華月美蘭さんの華やかな見た目と、整った容姿は、入学当初からかなり目立っていた。

その華月さんを中心としたギャルの集団が形成されるのは必然で。

しかし、華月さんはその綺麗《きれい》な見た目や立場を鼻にかけることなく、気さくな態度で周りに接することから、男女問わずどの生徒からも人気があった。


別のクラスの俺の耳にも入るくらいに。


ボッチな陰キャオタクな俺とは、まさに正反対の存在。

人気者の陽キャなギャルなんて、俺とは別の世界の住人。

クラスも違うし、全く縁のない存在。絶対に関わることはない存在だと……入学当初の俺は、そう思っていた。

人気者の陽キャギャル・華月美蘭。

陰キャボッチの俺とは絶対に関わることのない存在——そう思っていた時期が今では懐かしい。

＊＊

高校生活も一年が経《た》ち、不動の陰キャポジを確立した俺。

二年生に上がっても、安定の陰キャムーブを貫くはずだったが……不測の事態が起きていた。

「ねぇねぇ、なんでいつも寝たふりしてるの？」

休み時間。完璧な寝たふりをかましている俺に、今日も声をかけてくる人間がいた。

明るくて清涼感のある声質。

それは明らかに女子のもので、動揺からつい反応しそうになった。が、今の俺は寝ている体《てい》なので、ぐっと堪《こら》えて寝たふりを続ける。

「ねぇねぇ、起きてるんでしょ？」

肩にツンツンと刺激が加えられる。

これは……指で突《つつ》かれているのか!?

女子に触られる経験なんてほとんどないので、俺の中でさらに動揺が広がる。どうしたらいいのか悩む間にも肩をツンツンされ続け、俺は迷った挙句、一応、今目覚めたような演技をかましながら顔を上げた。

「あ、やっと反応してくれた！」

明るい髪色がパッと目に映る。次に大きな瞳に、長いまつ毛。それから着崩した制服に、綺麗な指先。

華月美蘭――人気者の陽キャギャルが俺の席の前に立っていた。

「…………」

目の前のスクールカースト上位者に警戒するが――けれど少しの間、見惚《みと》れてしまう。

華月さんはギャルであるが、どうしようもなく美少女でもあったから。

明るく染められたセミロングの髪は、陽《ひ》の光で艶やかに輝いていて、丁寧に手入れされているのが伝わってくる。くっきりとした目鼻立ちは綺麗と可愛《かわい》いの中間にあり、同じ人間かと疑うほどに整っている。着崩した制服から覗《のぞ》く身体《からだ》は、引き締まっていながらも、ほどよく肉感があり、スタイルの良さを感じさせる。

二次元の世界で生きてきたオタクの俺でも、目を奪われるぐらい華やかな美人だった。

「前から気になってたんだけどさ、休み時間のたびに寝たふりしてたら、しんどくない？」

小首を傾《かし》げて問いかけてくる華月さん。

俺にとっては話す相手を探す方がしんどいんだよ……！

なんて正直に言ったとしても人気者のギャルには到底理解されないだろう。というか、なんで寝たふりだとバレてるんだ？　俺の演技は完璧だったはずだ。

「べ、別に、寝たふりじゃ……ないですけど……」

陰キャのプライドにかけて、そう言おうとしたが普段あまり喋らないせいで全然声が出なかった。

「え、なに？」

俺の声を聞き取ろうと顔を近づけてくる華月さん。

それはまさに急接近。息がかかりそうなぐらい至近距離に綺麗な顔が寄ってきて、俺は慌てた。

「い、いやあの……！」

華月さんから目と姿勢を逸《そ》らす俺は、訊《たず》ね返した。

「お、俺に、何か用ですか？」

「気になったから、ちょっと訊《き》いてみただけ」

「え？」

華月さんは俺の反応にくすくすと笑うと、ギャルの友達たちのもとに戻っていく。

なんなんだ……一体！

他のギャルたちにも見られていることに気付いた俺は、とりあえずもう一度、机に突っ伏して寝たふりを決め込んだ。


二年生に上がって起こった不測の事態――。

それは、陽キャのトップでありギャルの華月美蘭と同じクラスになったことだった。


ちなみに華月美蘭に話しかけられたのは、今日が初めてではなくて。

同じクラスになってまだ日が浅いが、すでに両の手で数えられないほど話しかけられているし、なんなら実は一年生の頃から、ちょこちょこ話しかけられていた。

一年生の時は華月さんとは別のクラスだったが、休み時間や、放課後、学校のイベント等で顔を合わせると、高確率で声をかけられた。

俺みたいな陰キャに話しかけてくるなんて、これがスクールカースト上位者の余裕かと、最初の頃は驚いたが……声をかけられる回数が増えるにしたがって次第に困惑の方が大きくなった。

人気者のギャルが俺にわざわざ絡んでくる意図がわからなかったから。

陰キャでボッチな俺を憐《あわ》れんでいるわけでもなく。

かといって、馬鹿にして蔑んでいるわけでもなく。

なんだか俺にちょっかいをかけて、その反応を楽しんでいるような……？

わからない……。

華月さんは一体、どういうつもりで俺なんかに声をかけてくるのだろう……？

と——そんな感じでギャルの意図が読めず。

たぶん悪い子ではないんだろうなとは思いつつも、元々俺は陽キャが嫌いだったこともあり、華月美蘭に対して苦手意識を抱いていた。

そして、二年生に上がり、俺は華月さんと同じクラスになってしまったわけで。

美人で人気なギャルとクラスメイトになれた男子たちは喜んでいたが、俺は物凄《ものすご》く憂鬱だった。

なぜなら——。

「駅前にできた店、もう行った？ｗ」

「まだ行ってなーい。あそこのスイーツ超おいしそうだよね」

「うち彼氏と行ったけど神ってたよｗ」

「大通りの新しい店もオシャレじゃない？ｗ」

「「わかる～！」」

休み時間のたびに、俺の席の近くで巻き起こるギャルたちの会話。もちろん、その中心にいるのは、華月美蘭。

そしてその近くでは——。

「今日の授業、だりぃ～」

「昨日、他の高校の奴《やつ》に絡まれてさー、追い返してやったけど、マジだるかったわー」

「おいちょっと、この音楽、超カッコよくね？」

クラスの陽キャ男子たちがギャルたちの気を引こうとしてか、大きな声で会話していて。

なんなら、他のクラスや、学年の違う陽キャ男子もわざわざこの教室に来て、華月さんたちギャルに話しかけたり、大きめな声で陽キャトークをして存在をアピールしたりしている。

そう……！

人気者のギャルがクラスにいることで、教室の中は必然的に騒がしい陽キャワールドと化してしまうのだ。

そうなることがわかりきっていたので、俺は憂鬱だった。

いや、まだそれだけならいい。

空気に徹することにかけては右に出る者がいない俺にとっては、陽キャワールドの中でも余裕で存在感を消すことができるのだが。

「ねぇねぇ――」

と、陽キャ男子たちの狙いの的――人気者のギャルが、去年の比ではないぐらい、俺に話しかけてきては、ちょっかいをかけてくるので、周りから結構な注目を浴びてしまっていた。

陰キャ歴十年超え選手である俺にとって、その注目が良くないモノだというのは余裕でわかる。所詮俺は冴《さ》えない陰キャ男子なのでライバル視はされてはいないが、それでも陽キャ男子たちの視線が痛いこと痛いこと……。

ゆえに俺は一年生の時よりもさらに目立たないよう空気に徹して、陽キャ男子からのヘイトをかわす努力を必死にしていた。

しかし、その努力は華月《はなつき》さんに話しかけられるたびに呆気《あっけ》なく吹き飛んでしまうどころか、ますますヘイトが増えてしまうので、ホント勘弁してほしい……！

「なんで俺なんかに話しかけてくるんだろうか……」

人気者のギャルから見れば、陰キャボッチが物珍しいのはわかるが……だとしても、なんでこんなに俺をかまってくるのか、本当にワケがわからなかった。

「まさか……」

俺のことが……好き……とか？

いやいやいやいや！

そんなことは絶対にないだろう！　勘違いするな俺！

＊＊

「ねぇねぇ」

そして、今日も休み時間、寝たふりをする俺の肩が突かれる。

四月も下旬に差し掛かろうとしているが、華月さんの俺へのちょっかいはほぼ毎日と化していた。一日に最低でも二度はこんな感じに声をかけられる。

「ねぇねぇ、起きてるでしょ」

くっ……なんで俺にこんなに絡んでくるんだよ……！

寝たふりを続けようか迷うが、延々と突かれそうな気がしたので、渋々顔を上げた。もちろん、今目覚めた演技をしながらだ。寝たふりは俺の数少ない特技の一つなので、これだけは譲れない。

「……な、なんですか？」

「今日の寝たふりのクオリティ高いね！」

俺を馬鹿にしてるんですかね、このギャルは。

周りから飛んでくる視線を気にして、また寝たふりに戻ろうとする俺に、華月さんが少し前のめりに問いかけてきた。

「ところでさ、恋人とかいないの？」

「こ、恋人……？」

俺に恋人なんて――もちろん、いるわけがない！　火を見るよりも明らかだろうに。

いや待てよ……！　画面越しにはたくさん恋人はいる！　同じセリフしか喋《しゃべ》らないし、二次元だけれど！

なんて――小意気なオタクジョークがギャルに通じるわけがないし、そもそも女子に冗談を言うメンタルもトークスキルもないので、正直に答えた。

「……いないですけど」

「そーなんだ」

俺の返答に、なんだかホッとしたような表情を浮かべる華月さん。

その反応を含めて、凄く既視感があった。

そういえば……入学して間もない頃に、廊下で華月さんに声をかけられて同じ質問をされた覚えがあった。その時も似たやり取りをして、華月さんは先ほどと同じ表情を浮かべた気がする。

「………？」

一体、このギャルは何を考えているんだろう？

前回も含めて、なんでわざわざ俺にこんな質問をしてくるのかマジでわからなかった。

俺に気があるから？　なんていう血迷った考えはとっくの昔に捨てている。

別段、俺をこき下ろそうとするわけでもないみたいだし……ただの好奇心？

頭を捻《ひね》る俺に、華月さんはさらに質問を投げかけてきた。

「彼女、作らないの？」

おっとっと、一体誰に訊いているつもりなんだ。陰キャオタクボッチの、この俺だぞ？

俺に現実で彼女が作れるスキルがあったら、寝たふりを極めてないわ……。

とはいえ、このギャルに悪意はないんだと思う。めっちゃ純粋な視線を向けてきてるし。

「いや……別に……」

言葉を濁して答える。

作らないのではなく、陰キャすぎて作れないのだと正直に言うのはさすがの俺も辛《つら》かった。

はぁ……幼い頃は、女の子から告白されたこともあったんだけどな……。

昔、親と旅行に行った時に出会った、落ち着いた雰囲気の女の子。なぜか旅行へ行くたびに顔を合わせるので、仲良くなって最後には告白されたのだ。今思えばあれが最大のモテ期だった気がする。

もう会うことはなくなったけど……あの子、元気かなぁ……。

なんて、現実から逃げるように目の前のギャルから視線を逸らしていると、

「じゃあさ、いま好きな人とかはいる？」

華月さんが思いっきり前のめりになって訊いてきた。

「す、好きな人……？」

な、なんだ!?　今日はやけに踏み込んで訊いてくるな……！

戸惑うと同時に「ん――!?」と、俺の視線が激しくさ迷う。

着崩したブラウスの胸元――。

華月さんが机にもたれかかるように前のめりになったことで、胸の谷間が視界に映り込んできたから。

「もし、好きな人がいたら教えてほしいかも」

華月さんは真剣な表情で顔をさらに近づけてくる。

メイクはしているのだろうけど、近くで見ても肌がきめ細やかで。整った綺麗《きれい》な顔と、見え隠れする胸元の破壊力は、陰キャの俺には刺激が強すぎて視線が暴れまくる。

それにいい匂いもする……！

「もしかして、好きな人いるの？」

「と、と、特に、いないですけど……！」

「ふぅ〜ん、そうなんだ？」

華月さんは、なんだかホッとしているような……何かを悩むような……曖昧な表情を浮かべていて……。

おそらく、目の前のギャルが今抱いている感情を察することができたら、俺も陽キャの仲間入りができると思う。のだけれど——。

「………」

うん、わからん……！　ギャルの気持ちはわからん！

異性との対人能力ゼロの俺には、目の前でころころと表情を変えるギャルの考えていることが、さっぱりわからなかった。距離はめちゃくちゃ近いのに。

というか……そもそも好きな人がいたとしても、なんで教えないといけないのかもわからない！

もうワケがわからん！　話しかけないでくれ！　離れてくれ！　刺激が強すぎる！　俺のコミュ力MPはもうゼロなんだ！

クラスメイトたちも――うわぁ……めちゃくちゃこっち見てるしさ！

思ったよりも周りの視線が集まっていることに気付いて焦る俺に――。

「ちなみにね――」

と、華月さんが顔を寄せて小声で言ってきた。

「あたしは彼氏いないよ」

「…………え、そ、そうなんですか」

周りに意識が向いていたので、言葉を理解するのにスリーテンポぐらい遅れてしまう。

なんでそんなことを言ってくるのか未《いま》だに理解が追い付かないが……少し意外な気がした。

俺が言うのもなんだけど……華月さんは美人だし、スタイルも良いし、陽キャなギャルなので彼氏の一人や二人はいてもおかしくないと思っていた。

ということは、今はたまたまいないだけか？

なんて考えていると、まるで俺の思考を読んだように、華月さんが微笑を浮かべて告げてきた。

「今までも彼氏いたことないよ？」

「え……!?　そ、そうなんですか？」

つい大きな反応をしてしまった。

意外を通り越して衝撃だった。

入学当初から華月美蘭《みらん》は男子たちの話題の中心だったし、中学でも間違いなく人気だったと思う。

彼氏なんて作ろうと思えばいくらでも作れたと思うけど……何か理由でもあるのか？

まあ、言っていることが嘘《うそ》じゃなければ……の話だけれど。

俺をからかっている可能性は大いにあり得る。初心《うぶ》な陰キャなら何を言っても信じるだろうと面白がっているのかもしれない。

「反応ウケるｗ」

ほら、華月さんも俺を見てクスクス笑っているし。

しかしそれでも……よくよく考えると、高校で華月さんの浮ついた話は今まで耳にしたことがなかった。

陽キャ男子たちによく話しかけられてはいるが、基本、ギャル友たちと一緒にいる気がする。

とはいえ、男子から人気なのは間違いないし……ギャルだし……。

やっぱり、からかわれているのかな……？

「言っておくけど、さっきのは本当だよ？」

またも俺の心を読んだかのような、華月《はなつき》さんの言葉。

前のめりに俺を見つめるギャルの表情は真剣で、ふざけた様子はなく……不覚にもその眼差《まなざ》しにドキッとしてしまう。

「そ、そうなんですね……」

異性と視線を合わせることに慣れてない俺は、俯《うつむ》くように頷《うなず》く。

目の前のギャルが言っていることが本当だとして……それを俺に伝えて一体何になるんだろうか？

そもそも、なぜこんな話になっているのかもよくわからないし……俺はどうしたらいいんだ……？

「ねぇ、ちょっと——みらーん！」

何とも言えない空気に改めて困惑していると、華月さんを呼ぶ声が飛んできて——。

「そういうことだから——」

華月さんは苦笑のような笑みを浮かべ、俺にそう言うと席から離れていった。

「……ふぅ」

呼んでいるギャルたちのもとへ向かう華月さんを見送る俺は、息を一つ。

まるで嵐が去ったような気分だ。

ふと周りを見ると、普段、華月さんを囲んでいる陽キャ女子や男子たちの視線はまだこちらに飛んできている。その矢のような視線から身を防ぐように俺は机に突っ伏して、再び寝たふりを決め込む。

「はぁ……疲れた」

時間的には短いやり取りだったが、最低値なコミュ力をフル稼働したので疲れた。

それにやけに踏み込んだことを訊《き》かれたし……華月さん自身の話を聞かされた気がする。

本当に……どういうつもりで、華月さんは恋人の話をしてきたんだろうか？

「まさか……」

やっぱり俺に気があるとか……？

いやいやいや――それはない！　早とちりするな俺！

相手は人気者のギャルなんだ。陽キャ男子ならまだしも、陰キャボッチの俺にそんな感情は抱くことはないだろう。

つまりは、気まぐれ。

そう、ギャルの気まぐれだ。

いかにも恋を知らない陰キャオタクを刺激して、反応を楽しんだのだろう。

「はぁ……」

これだから陽キャ&ギャルは苦手なんだ。

心を乱されてたまらない。

女子に耐性ゼロの俺が、うっかり好きになってしまったらどうするつもりなんだ……！

まあ、陰キャを極めている俺は身を弁《わきま》えているので、ちゃんと予防はしている。

――華月美蘭はただの陽キャギャル。

――華月美蘭はただの好奇心旺盛なギャル。

――華月美蘭はただの陰キャボッチが物珍しくてはしゃいでいるギャル。

ほらどうだ？

頭の中で念じることで、目が覚めるわけだ。

華月さんに絡まれたり、ちょっかいをかけられたりしているのは、ただの気まぐれだと忘れてはいけない。

人気者の陽キャギャルが、全く別の生態である陰キャボッチを見つけて好奇心を抱いているだけ。例えるなら、動物園で見つけた珍獣にはしゃいでいるだけだ。

今は同じクラスになって好奇心がピークになっているが、そのうち、飽きてきて絡んでくることも減るだろう。

なぜなら、そもそも住んでいる世界が違うのだから。

これ以上、関係が深くなることはないと思うし、それにこの関係も今だけだろう。

＊＊

やはり思った通りというべきか――。

華月さんの俺へのウザ絡みや、ちょっかいは目に見えて減った。思い返すと、恋人の話をしてきた日の後からだと思う。

まず、高頻度で絡まれていた休み時間は平穏になった。周りで騒いではいるが話しかけられないので、寝たふりがはかどる。

それに、校舎内の移動ですれ違う時には高頻度で声をかけられていたが、それもなくなった。俺に気付いていないかのように無言で過ぎ去っていく。

「……………」

絡まれることが減って、ちょっと寂しい……。

なんていう感情はあまり抱かなかった。予想していた通りだったので。

むしろ悪目立ちしなくなり、陽キャたちの視線に晒《さら》されることがなくなったので、喜ばしいことである。

とはいえ、だ。

突然絡まれなくなると、万年陰キャボッチの俺でも気になるもので——。

「あそこのパフェも食べたいんだよねー」「量多いから絶対太るってｗ」「何人かで分けたらいけるくないｗ」「じゃあ今度行こうよー」

休み時間。

いつも通りに机に突っ伏す俺は、スイーツの話で盛り上がっているギャルグループにこっそり視線を向けてみる。

「——」

すると、中心にいる人気者のギャルと、ふと目が合った。

かと思えば——すっと目を逸《そ》らされた……気がした。

なるほど……と、俺の中で合点がいく。

ついにというべきか……。

人からの好感度を下げることに自信がある俺だが、いつの間にか好奇心溢《あふ》れるギャルからも嫌われたみたいだ。理由は……山ほど思い当たる。

「まあ、そもそも……」

陽キャが陰キャに絡んで楽しいことなんてほとんどないし、今までが異常なだけだったんだ。

なんてことはない、正常に戻っただけ。

想定内。予想通り。

一ミリも動揺なんてしていない。

「はぁ……」

いやごめん、やっぱりちょっと落ち込むわ。

普段、人と絡まないだけに、他人から明確に距離を取られるのは久しぶりな気がした。

とりあえず、今までのことは夢だと思おう。

人気者のギャルに絡まれる夢……。

改めて思うと、オタクの妄想感が溢れる夢だなぁ。そういう意味では、いい夢を見ることができたのかもしれない。

「………」

その夢もついに覚めたわけで、これからは昔通りの誰にも絡まれない陰キャオタクボッチの日々に戻るのだ。

少し寂しいような気がするけれど、それが本来あるべき姿。

そして、もう二度とギャルに絡まれることはないだろう。お帰り、冴《さ》えない陰キャの俺。

——と、思っていたんだけどねっ!!

予想。妄想。夢想。

俺の頭で抱ける想像をはるかに超える出来事が起こることとなった。

それは……その週の日曜日の夕暮れのことだった。

＊＊

その日、俺は超絶だらだらな一日を過ごしていた。

親に「いつまで寝てるの！」と、どやされながら昼前に起き、公式の動画サイトで最近のアニメを鑑賞してから、やり込み要素の多いゲームをだらだらとプレイ。

勉強？　それはまあ、後でやるとして……。

家に引きこもった最高の休日。

陽キャたちは、休みの日は外でわいわい遊ぶらしいが、俺からすると信じられないね。

「よし、やっと倒せたー」

ゲームの面倒臭いボスをようやく倒して、ヘッドフォンを外し、大きく伸びをした時だった。

「ちょっと、修二《しゆうじ》ー！」

部屋の外から声が聞こえたかと思えば、俺の返事を待たず母さんが入ってきた。

「ちょ、いきなり入ってこないでくれよ！」

もし、恥ずかしい画面をつけてたらどうするつもりだよ。

「何度も呼んだのよ。返事しないのが悪いわ」

逆に俺を糾弾する母さん。

その理不尽ぶりはいつも通りだが、姿がいつも通りではないため俺は首を傾《かし》げた。

「母さん、何その格好？」

美容院に行ったのか長い髪は綺麗《きれい》に整えられセットされており、化粧も珍しくばっちりで、服もよそ行きのオシャレなものだった。

「どこか出かけるの？」

「ちょっと来なさい」

母さんは俺の問いに答えず、化粧の乗った真面目な顔で手招きしてきた。

「え、なに？　夕ご飯できたの？　それとも外食？」

時計を見ると、夕飯にはまだ早い時間帯だが……。

「違うわ。いいから来なさい」

「え……な、なに？」

有無を言わせぬ真剣な雰囲気に、とりあえず従って部屋を出る。

階段を下りてリビングに向かうと、父さんが憮然《ぶぜん》とした表情で腕を組んでテーブルの席に座っていた。

休みの日はラフな格好をしている父さんだが、今はなぜか仕事に行きそうなぐらいパシッとした身だしなみと格好をしていて……。

「修二、そこに座りなさい」

父さんに促されて対面の席に座る。

その父さんの横に母さんも座り、俺はしばらく真剣な表情の二人に見つめられる。

「俺……何かやったかな……？」

まるで説教されるかのような雰囲気にびくびくしてしまう。

何かやっただろうかと頭をめぐらすが……心当たりがありすぎて戸惑った。いやしかし、こんなガチで説教されるほどのことはしてないはずだ。……はずだよな？

「修二……お前に話さないといけないことがある……」

「な、なんだよ父さん……改まって」

父さんと母さんがわざわざよそ行きの格好をして俺に話してくるって、よっぽどのことだと思う。マジでなんだろう。予想できない……！

「実はな、修二――」

何を言われるのだろうとビクつく俺に、父さんは大きな咳払《せきばら》いをして言ってきた。

「お前には『許嫁《いいなずけ》』がいるんだ」

「…………へ？」

オマエにはイイナズケがイルンダ……？

言葉を理解するのにかなり時間がかかる。耳慣れない単語が入っていたから。

時間をかけて言葉を呑《の》み込もうとしても、単語に含まれる衝撃的な意味に頭が追い付いてこない。

「修二、お前には許嫁がいる」

ぽかんとする俺に、父さんはもう一度言った。

「いいなずけ……許嫁って……俺に？　許嫁!?」

いや待てよ。落ち着け俺！

そもそも「許嫁」ってどういう意味だったっけ。お茶漬けとか福神漬けの親戚だっけ?

いやいや文脈的にそんなわけなくて——。

えっと、俺の記憶が正しければ「許嫁」って、確か……親同士が決めた結婚相手、婚約者的な感じだったっけ?

「俺に……許嫁って……本当?」

「本当だ」

真面目な顔で頷《うなず》く父さんと、母さん。

ど、どうやらガチの本当みたいだ……。

いやしかし、「許嫁」って、今日日《きょうび》、漫画とかアニメとか、そういう創作にしか見かけない言葉だ。

そんな「許嫁」が俺にいるって……え!?

未《いま》だに言葉を呑み込めていない俺に、父さんは昔を振り返るように説明してきた。

「父さんと母さんは、向こうの両親と親友でな……昔、自分たちの子供を結婚させようと話をしたんだ。向こうからの希望で、修二にもし恋人ができたら、許嫁の話はなしにする予定だったんだが……」

父さんの言葉を引き継ぐように、母さんが憐《あわ》れむように言ってきた。

「恋人の『こ』の字もなければ、二次元の女の子にニヤニヤする日々。断言するけど、修

二、あなたには一生彼女はできないわ」
「いやいや、それが親の言葉かよ！」

傷つくぞ……真実だけれども！

まあでも現実の惨めさを突き付けられて、許嫁ショックからようやく目が覚めてきた。

目の前では父さんも母さんの言葉に深く頷いていて、「そういうわけで」と説明を続けた。

「改めて向こうとも話し合って、許嫁の話を進めることにしたんだ」

「いやでもさ……いきなり許嫁って言われても……」

父さんたちからすると昔からあった話みたいだけど、俺からすると突然降って湧いてきたような状況なわけで。

混乱と困惑で言葉を受け止められず頭を掻《か》く俺に、父さんはさらに衝撃的なことを告げてきた。

「とりあえず、今日、許嫁の子が挨拶に来るから、ひとまず迎える準備をしなさい」

「え、えぇぇっ!?　ここに!?　マジで!?」

なんの心の準備もしてないというか、完全なる急転直下すぎて何もかもが追い付かない！

「さ、さささすがに急すぎるでしょ！」

慌てふためく俺に、母さんが嘆息しながら言ってきた。

「事前に言っていたら、あなたは屁理屈《へりくつ》こねて断るか、逃げるかするでしょ」

「そ、そうかもしれないけど……！　だからって、今日のこれからなんて……っ！」

「ぐだぐだ言ってないで、とりあえず、会うだけ会ってみなさい」

「いや、会うだけって言ってもさぁ……！」

挨拶って何をすればいいのかわからないし……!?　許嫁ってことは女子ってことで……ちゃんと異性と喋《しゃべ》れるかわからないし……!?

というか、一体、どういう子がやってくるんだ!?

もしかして俺は夢を見ているのか？

と、頬をつねるが普通に痛い。もしくは、何かドッキリでもされているのかと部屋を見回すが、カメラなんてものもなく。

「さぁ早く準備しなさい！」

と、時計を見て立ち上がる母さんと、父さん。

改めて両親の姿を見た俺は、凄《すご》く遅れて理解した。

「二人がよそ行きな格好をしていたのは、今日これがあるからか!?」

「そうよ。修二も、着替えて身だしなみを整えなさい。その服、ちょっと臭いわよ」

一言余計である。

それから父さんと母さんは、許嫁の子を迎えるべくリビングの内装を整えたり、料理の準備をしたりし始め……。

忙《せわ》しなく動き出す二人の姿に、許嫁の話も……その許嫁が今日挨拶に来ることも、現実で本当なんだという実感が湧いてくる。

「許嫁……」

陰キャの俺に許嫁……。

一体、どんな子なんだろう……？

考えれば考えるほど、緊張で心臓がドキドキし始めて変な汗が出てきた。

「と、とりあえず、着替えなきゃ……！　いや、シャワーも浴びた方がいいかな……」

不安と好奇心と緊張。

いろんなものが頭の中でぐるんぐるん渦巻く俺は、洗面所へ走り、ひとまず寝起きのままだった身だしなみを整えることにした。

＊＊

許嫁の子が来る時間が迫り――。

「すぅ……はぁ……」

人生でこんなに緊張したことがかつてあっただろうか。いやない。

人生でこんなに貧乏ゆすりをしたことがあっただろうか。いやない。

ついさっきまでは普通の日曜日だったのに、短時間でこんなに一変するなんて……。

リビングの椅子に座って待つ俺は、緊張と不安で気が気じゃなかった。

「それに……」

許嫁の子は、一体、どんな子なんだろう？

そのこともずっと気になって気になって仕方がなかった。

「ん～やっぱり……」

俺みたいに、陰キャで地味な女の子だろうか？

いやそれとも、スポーツをしている女の子とか？

もしくは、めっちゃ怖い不良だったらどうしよう……。

そもそも、年齢が同じとは限らないから、年上のお姉さんの可能性もあるし、年下の少女の可能性もある。

親に訊《き》いても、会うまでのお楽しみとか言われるし……！

想像が変に膨らんでしまって頭がパンクしそうだ。

「しかしなぁ……」

そんな中でも、心の片隅にいる冷めた自分は思う。

向こうは俺と許嫁でいいんだろうか？

いや、そもそも許嫁自体を受け入れているのだろうか？

許嫁――つまりは親同士が勝手に決めた婚約なわけで、それを向こうは納得しているのだろうか？

俺はついさっき不意打ちで伝えられて、流れるままに今を迎えているが、向こうはちゃんと事前に伝えられていると思うし……どういう気持ちでここに向かっているんだろうか。

あと……俺と会った瞬間に「やっぱ無理！」とか言われないだろうか……。マジでありそうで怖い。

「はぁ……」

ずっと、そんなことをぐるぐる考えてしまって、そわそわが止まらなかった。

そして、ぐるぐる思考が四周目に差し掛かった時、ついに――。

ピンポーン！

インターホンが鳴ってしまった。

「――――！」

俺は生まれたての小鹿のように震える足で立ち上がる。

そのまま玄関へ向かおうとしたが……俺の震えを不安視したのか、母さんと父さんに待っているように言われ、待機することに。

「あらあら大きくなったわね！　一人で来たの？」「さぁさぁ、遠慮せず上がって」

玄関に出迎えに行った母さんと父さんの大きな声。

それに紛れて、許嫁の子のものと思われる声がかすかに聞こえる。

ここからではよく聞こえないが、許嫁の存在を実感するには十分すぎた。緊張で心臓の鼓動が爆音になる。

「…………！」

三人の足音がこちらへ向かってくる。

俺の許嫁は一体、どんな子なんだろう……。

「すぅ……はぁ……」

とりあえず、落ち着け俺！　震えだけは頑張って止めろ！

深呼吸しながら直立する俺の目の前で、リビングのドアが開かれていく。

「お邪魔します――」

涼しげで明るい声。

両親に案内されて、許嫁の女の子がリビングに入ってくる――。

その女の子は――。

「ん、ん……??」

目を疑ってゴシゴシ擦《こす》ってしまう。

なぜなら、許嫁《いいなずけ》だという女の子。リビングに案内され、目の前に現れた女の子は——かなり……というか、めちゃくちゃ見覚えのありまくる人物だったから。

「改めまして——」

と、許嫁の女の子は笑みを浮かべ、俺に挨拶してくる。

さらさらと揺れる明るい色の髪が、リビングの明かりでキラキラと輝いていて——。

白い肌。大きな瞳と通った鼻筋。手入れされた細い指先。服は派手ではないのに、全身から抑えきれない華やかさが溢《あふ》れ出ており、俺は息を呑《の》んだ。

「——華月美蘭《はなつきみらん》です！」

そう。いま目の前にいるのは、スクールカーストの頂点。人気者の陽キャ。

学校で俺にちょっかいをかけてきたり、話しかけてきたりしていた女子——。

ギャルの華月さんだった！

「————」

衝撃が強すぎて脳が受け止められていない。

口をぽかんと開けてフリーズしてしまう。

なんで、華月さんがここにいるんだ……？

俺は許嫁の子が挨拶に来るのを待っていたんだよ？　え……ということは、華月さんが俺の許嫁!?　いやいや何かの間違いじゃないのか!?

「えっと――」

絶賛、錯乱中の俺。

母さんに「ほら挨拶しなさい」と肘で突《つつ》かれ、四テンポほど遅れてようやく俺は我に返った。

「え、永沢修二《えいざわしゅうじ》……です」

脳内の混乱は収まっていないけれど、とりあえず名乗る。

見慣れた相手と自己紹介をし合うことにとてつもなく違和感があった。

「学校以外で会うって、なんだか新鮮だね」

華月さんは、かしこまった態度から一変、いつもの明るい笑みで話しかけてくる。

その表情と言葉で、俺は改めて目の前の女子がクラスメイトのギャルなのだと再認識させられる。

「あたしたち、いま学校で同じクラスなんです」

父さんと母さんに説明する華月さんは、そうだよねーと言わんばかりの視線を俺に投げかけてくる。

衝撃から立ち直れていない俺は、ただただコクコクと頷《うなず》いた。

「ご両親から聞いてるわ。修二が迷惑かけてない？」

ガチで不安な顔をする母さんに、華月さんは俺を見てからくすくすと笑って言った。

「迷惑なんて。話しかけたら相手してくれますし、いつも反応が面白いんですよ」

反応が面白いって……人生で初めて言われた気がするけど、喜んでいいのか微妙なラインだな。それに、俺的には『相手させられていた』という方が適切だ。

なんなら最近は距離を取られていたし――。

「……………？」

そう。俺は華月さんからいつの間にか嫌われて、距離を取られていたはずだ。なのに、なんで今、許嫁として目の前にいるんだ？

最近の華月さんの様子を思い返す俺は、ますます状況に困惑してしまう。

とはいえ、疑問やら想《おも》いを今ここで口にする胆力は俺にはなく、クラスのギャルと両親が会話する姿を白昼夢のような感覚で眺める。

「立ち話もなんなので、座って座って。修二もぼさっとしてないで座りなさい」

促され、俺と華月さんは向かい合うようにテーブルの席に座らされる。

正面の華月さんと改めて目が合った瞬間、俺の心臓が跳ねて、視線を逸《そ》らしてしまった。

「ちょっとお茶の準備してくるわね」「ご両親に連絡してくるよ」

え!?　このタイミングで二人っきりにするのかよ……!?

焦る俺をよそに、母さんと父さんは、ワザとらしくリビングから出て行ってしまい——。

「………」

気まずい静寂が訪れる。

華月さんと二人っきりになってしまった。

「………っ」

な、何か喋《しゃべ》った方がいいかな……。

とは思うけれど、話題が浮かばないし……許嫁ということを意識すると、なんだか恥ずかしくて、華月さんの顔を見ることができない。

どうしたらいいのかと静寂の中、葛藤していると——。

「ねぇねぇ——」

と、華月さんが学校で声をかけてくるような調子で話しかけてきた。

「許嫁の話は、もう聞いた?」

「え、は、はい……」

視線をさ迷わせながら、がくがくと頷く俺。たぶん、俺の姿、いま最高に気持ち悪いと思う。

「あのね……ごめんね」

「……？」

華月さんの唐突な謝罪。

緊張と恥ずかしさで震える俺だったが、気まずそうな表情を浮かべるギャルを見て、少し冷静になった。

「……何が、ですか？」

何を謝られたのかわからなくて首を傾《かし》げる俺に、華月さんは少し俯《うつむ》きながら口を開いた。

「最近、学校で距離取ってるような感じになっちゃってた、というか……」

最近は休み時間に絡まれなくなり、すれ違っても声をかけられなくなり、目が合えば逸らされる。

距離を取られていると感じていたが……まさに、そのことについて華月さんは言っているのだと少し遅れて気付いた。

「なんてゆーか……許嫁って意識すると照れちゃった……というか」

いつものはきはきとしている姿とは違って、華月さんは頬を赤く染め、もじもじとしている。

その姿にドキッとしながらも、俺は「なるほど」と内心で頷く。

さっき俺が緊張と恥ずかしさで目を逸らしてしまったのと同じ現象が、華月さんの中でも起きていたわけか。

　ということは、華月さんはあの時からすでに許嫁の話を知っていたのか……。

「別に嫌いで避けてたわけじゃないの……！　でも、ごめんね」

　嫌われたと感じて落ち込んだ記憶が吹っ飛んでいく。

　申し訳なさそうにする華月さんに、俺は慌てて手を振った。

「全然気にしてないので……！　大丈夫ですよ」

「ありがとう……！　でも全然気にされないのも、なんか微妙っていうか」

　苦笑する、華月さん。

　なんで苦笑されているのか謎な俺は、とりあえず、場の雰囲気に合わせてヘコヘコしておいた。

「その反応ウケるｗ」

　いつもの笑みを浮かべる華月さん。

　しばらくクスクスと笑ったかと思うと――。

　いつもとは違う、照れたような表情で微笑を浮かべて言ってきた。

「これからは――許嫁として、よろしくね、修二」

心臓がドキッと大きく跳ねる。

先ほどは視線を逸らしてしまったが、今度は、女の子の笑みから目を逸らさなかった。

いや、逸らせなかった。

今まで目にしてきた、どの二次元美少女のイラストよりも綺麗《きれい》だと思ったから。

「――――」

人気者の陽キャで、クラスのギャルである華月美蘭が……俺の許嫁。

戸惑いはある。

苦手な陽キャで、ギャルだけど……美人なので、嬉《うれ》しいと思う気持ちも、ぶっちゃけある。

いろんな感情が入り乱れて、まだ頭も心も整理できてはいないけれど。

「よ、よろしくお願いします……」

おどおどと頭を下げて言葉を返す。

とりあえず現状を受け止めることにした。

「なんか緊張しちゃうね」

はにかむ華月さんを見ると、俺もやたら恥ずかしくなって頭を掻《か》いてしまう。

そういえば、と――。

目の前の出来事を受け入れ、少し考える余裕が生まれた俺はふと思うことがあった。

華月さんは……俺みたいな陰キャが許嫁でいいのだろうか？

さっきまでの言動から、許嫁の話は受け入れている様子だけど――。

本来、華月さんは引く手数多《あまた》というか。

望めば、俺なんかよりもイカした男性と、いくらでも結ばれる未来があると思う。

それを親が決めた許嫁とはいえ、俺みたいな陰キャオタクを婚約の相手に決めてしまっていいんだろうか……。

「どうしたの？」

「いや、その……」

訊《たず》ねようとしたが、言いよどんでしまう。

華月さんの瞳は曇りなく澄み切っていて、俺の暗くて卑屈な疑問を伝えることに躊躇《ためら》いを感じてしまった。

「「お待たせー」」

と、タイミングが良いのか悪いのか、両親がリビングに戻ってきて――その疑問はついには訊《き》くことができなかった。

それから——華月《はなつき》さんを交えて、四人で食事をしたが、俺は緊張からあまり会話に参加できず。華月さんは、さすが陽キャというべきか……俺の両親と完全に打ち解け、終始楽しそうに会話していた。

そして、夜も深まってきた頃。

華月さんの両親が迎えに来て——俺は玄関で挨拶をしたが、極度の緊張で何を喋ったか全く覚えていない。ただ……華月さんの両親は、うちの両親とは違い、美男美女だということだけは頭に鮮烈に残っている。

親同士は本当に仲が良いみたいで、玄関でそこそこ長時間の雑談が繰り広げられ——。

「じゃあまた明日、学校で——」

「は、はい……気を付けて帰ってください」

玄関先に出て、ご両親の車に乗った華月さんを見送った。

車は見えなくなり、家に戻る俺は親との会話もそこそこに自室へ戻る。

「はぁ……疲れた……」

ベッドに倒れ込む。緊張の糸が切れて、どっと疲れが出ていた。

たった半日で、こんなにも人生って変わるもんなのか……。

目まぐるしく起こった出来事と変化量に、俺のよわよわなメンタルは悲鳴を上げていた。

考えないといけないことはいっぱいあるが、眠気が押し寄せてきて——。

「明日の俺に任せる……」

一旦、全てを棚に上げ、俺はそのまま眠りに落ちた。

一年生の頃から
やだー
チラッ
俺には縁のない存在だ…
ねぇねぇ
しゅーじ!!
一年の何クラスなの?
やっほー
友達はできた?
ビクッ
あれ?
なんの本読んでるの?
なんで俺なんかに話しかけてくるんだ!?
これが陽キャの余裕ってやつか!?
ダラ ダラ

俺には許嫁《いいなずけ》がいて――。
しかもその相手は、ギャルの華月美蘭《みらん》だった――!?

という衝撃的な事実を知らされた翌日の朝。
目を覚ました俺は、ベッドの中でつい自分自身に苦笑してしまった。
「変な夢を見たなぁ……華月さんが許嫁って」
あり得なすぎて、夢としか思えなかった。
よそ行きの格好をした両親……。
慌てて着替えて身だしなみを整える俺……。
それから挨拶にやってくる許嫁の華月美蘭……。
完全に夢だと思っている俺は、寝ぼけた頭で内容を振り返る。
が、しかし――。

「いや、なんか凄《すご》くリアルというか――」

普通の夢なら曖昧なところがあったり、ぼやけたりしているはずだが……空気感や会話の内容までかなり鮮明に思い出せてしまう。

変な汗をかきながら起き上がる俺は、自分の格好を見下ろして息を呑《の》んだ。

「この服は……昨日の……!?」

夢の中で、華月さんやご両親と挨拶した服装だった。着替えずに寝てしまったところで夢の記憶は途絶えていた。

「あ、あれ、夢じゃない……？　いや、今のこれが夢か？」

と、頬を叩《たた》いてみるが、普通に痛かった。

痛みで寝ぼけた頭が覚めていくと同時に、記憶の現実感がどんどん増していき――。

「昨日の出来事は……現実か!?」

昨日の記憶が夢ではなく、現実であることを悟った俺は衝撃を受けた。

夢か現実かの確認なんて、漫画とかアニメでしか見たことなかったけど、まさか自分が真剣にやることになるなんてな……。

ベッドに腰かける俺は、昨日のことを改めて振り返る。

「華月美蘭が……俺の許嫁……」

遠い世界の住人だと思っていた陽キャなギャル。

男女問わず人気で、いつも人に囲まれているスクールカーストの頂点。

その人気者のギャルが、陰キャオタクの俺と許嫁……。

夢ではなかったとしても、まだ自分の中で現実味がなかった。


『じゃあまた明日、学校で――』


帰り際の華月さんの言葉。

それをふと思い返した俺は、今更ながらハッとする。

大事なことを確認するのを忘れていた。

「そういえば……」

華月さんとは同じ学校、同じクラスなので、必然的に顔を合わすわけで……。

どういう顔で会えばいいのか。どういう態度で接したらいいのか。どういうスタンスでいればいいのか。

「学校では……どうしたらいいんだ……？」

許嫁としての振る舞い方が全くわからなかった。

親しげに話しかけたりした方がいいのか……。

いや、それは万年陰キャの俺にはハードルが高いし、華月さんの周りは陽キャたちが集まっているからなおさらキツイ。

華月さんから一方的に絡まれただけでも視線を集めていたんだ。これが親しげに振る舞った日には、どんな目で見られるか……。

やはりそう考えると――。

「許嫁であることは学校では秘密……の方がいいよな？」

そのことについてちゃんと話し合っておけばよかったな……。

現状、華月さんが、どう思っているのかもわからないし……許嫁として、これからどう振る舞っていけばいいのかもわからないし……。

そうなってくると……。

「ひとまず、いつも通りに過ごすのが安定か……」

脳内作戦会議の内容がまとまった時にはもうだいぶ学校へ登校する時間が迫っていたみたいで、母さんの俺を起こす声が響いてくる。

「とりあえず、準備するか……」

改めてベッドから立ち上がり、ようやく部屋のカーテンを開ける。

快晴の陽光はとても眩《まぶ》しくて、まるでどこかの許嫁のギャルみたいだなと思いながら学校の準備を始めた。

＊＊

ということで学校に登校する俺は、生徒たちに紛れていつも通り校門を通り、校舎に入り、廊下を歩く。

二年生に上がり、すでに見慣れてしまった光景。ただ通り過ぎるだけの見飽きた風景——であったはずなのに、今日はやけに新鮮に感じてしまう。まるで新入生にでもなったように、いろんなものが目に留まって仕方ない。

自分の教室の前まで到着した俺は、中の様子を窺《うかが》う。

「まだ……来てないみたいだな……」

件《くだん》の眩しい太陽がいないことを確認した俺は、いつも通りスッと気配を消して入り、サッと自分の席に座った。

陰キャの隠密《おんみつ》登校スキルを極めているので、誰も俺が登校してきたことには気付いてない。完璧だ。

目の前には陽キャたちがワイワイ雑談したり、宿題を慌てて写させてもらっていたり、いつもと変わらない教室の風景が広がっている。

「…………」

いつも通りの学校。

いつも通りの教室。

そして、俺もいつも通りの陰キャムーブができているはずなのに……まるで別の世界にでも迷い込んでしまったようにそわそわしてしまって仕方なかった。

原因はもちろん、わかっている。

「おはよー」

そんな軽やかで明るい声が教室に響き、俺の心臓が跳ね上がる。

声の主《ぬし》はクラスの陽キャギャル——華月美蘭。

まさに昨日、俺の許嫁として挨拶しにきた女の子で……。

元気に教室へ登校してきた華月さんに、ギャル友や陽キャ男子たちが挨拶を返し、あっという間に人の輪が形成されていく。

それもいつもの教室の光景。当たり前の風景として今までは気に留めていなかったけれど、今日はどうしようもないぐらい意識してしまった。

ついつい、華月さんの一つ一つの行動を目で追ってしまう。

「…………」

たくさんの人に囲まれる華月さんは、改めて人気者だなと感じるし、ちゃんと一人一人の話を聞いていて、凄いなと感じる。

それに昨日家に来た時の私服姿と、学校の制服姿とでは少し雰囲気が違って見えるな……とも感じて。

「――っ！」

不意に華月《はなつき》さんと目が合い――俺は慌てて目を逸《そ》らしてしまった。

悪気があって逸らしたわけじゃなくて、つい、反射的に……。

感じ悪かったかな……申し訳ないな……と思いながらも、どんな顔をしたらいいのかわからなくて、華月さんの方へ顔を向けられない。昨日の最後は大丈夫だったのに、学校だと変に意識してしまってドキドキが止まらなかった。

華月さんは、以前からこんな気持ちだったのだろうか……？

『なんてゆーか……許嫁って意識すると照れちゃった……というか』

昨日の華月さんの言葉。その意味を改めて理解できた気がする。

しかし、こんな調子で俺はやっていけるのだろうか……。

自分の意識の変化に困惑する俺は、悶《もだ》えるように机に突っ伏す。華月さんの話し声だけがよく聞こえた。

授業は普段通り進み、休み時間も何事もなく終わっていく。

華月さんに話しかけられたらどう対応すればいいのか悩んでいたが、俺に近づいてくることはなかった。

お陰でいつも通りに振る舞えるのでそこは安堵《あんど》。

しかし、その代わりに――。

「ちょっと、みらん、聞いてる?」

「え? うん、聞いてるよー」

ギャル友たちの中にいる華月さんと、結構な頻度で目が合っていた。

「…………」

いや違う。

俺の方が華月さんを見てしまっていた。

休み時間はいつも机に突っ伏して寝たふりをしたり、読みもしない本を開いてぼーっと眺めたり、外の風景を無意味に見つめたりして過ごしている俺だが……今日は気が付けば、人気者であるクラスのギャルを目で追ってしまっていた。

授業中もそうだ。

気付いたら華月さんの方を見てしまっている。

そういうふうに視線を向けてしまうものだから、必然的に華月さんと目が合い――

「――――っ」

慌てて目線を逸らす、という愚行を俺はずっと繰り返してしまっていた。

失礼だし、俺だってそんなことしたくない。けれど、目が合うとドキッとしてつい逸らしてしまう……！

授業と休み時間を重ねるたびに、華月さんと目が合う頻度は上がった。

なんか途中からは、俺の反応を面白がってワザと視線を向けてきているようなイタズラっぽい顔だった。

「………………」

というか、冷静に考えると……今の俺、めちゃくちゃ気持ち悪い……！

ギャルをちらちらと見ては目を逸らす陰キャとか……はたから見たらヤバい奴《やつ》だ。

そう感じてはいても、華月さんをつい見てしまうし、目が合ったら逸らしてしまうので俺は自分自身に悶えた。

「………………」

一方、華月さんは、面白がってワザとらしく視線を向けてくること以外は普段通り。

普通に授業を受けて、友達たちと楽しく話して、挙動に変なところを一切感じない。なんだか『許嫁《いいなずけ》』を意識しまくっている俺が恥ずかしくなってくる。

「ふぅ……」

まあそもそも、スクールカーストの上位者であるギャルの立場で考えれば――。

許嫁がいることとか、その相手がよりにもよって陰キャボッチだとか……そういうことは周りに知られたくはないだろうと思う。

「落ち着け……俺……」

何を一人で舞い上がっているんだ。落ち着け。

華月さんが許嫁だとしても、学校では別に何も変わらないし、変える必要もないいんだ。

いつもと変わらない陰キャムーブで過ごせばいいいんだ。

心を落ち着けよう俺！

という感じで――現状に対しての心の整理、スタンスがようやく定まり始めた昼休みのことだった。それを一気に崩す出来事が起こった。

＊＊

昼休みは、陰キャボッチには辛《つら》い時間だ。

なぜかって？

それは誰にも見咎《みとが》められず昼食をとる場所へ向かう必要があるからだ。

昼休みが始まると同時に、クラスの生徒たちは大小様々なグループを作り、昼飯コミュニティを形成する。

そんな中、一人ぽつんと昼ご飯を食べる行為は、「自分は友達いません！」というボッチの惨めさを大々的にアピールするようなものである。

つまり変なふうに目立ってしまう。

なので俺はいつも、昼休みが始まると同時に気配を消して教室を旅立つのだが――。


「待って！　修二《しゆうじ》ー！」


誰かを呼び止める声が教室に響いた。

それは明るくて涼しげな、聞き慣れた声で――。

振り返ると、にこにこと笑みを浮かべた華月さんが俺に近づいてくるところだった。

「え……俺!?」

学校で名前を呼ばれるなんて本当に久々すぎて、認識するのにかなりの遅延発生。

それにまさかこのタイミングで華月さんに声をかけられるとは思っていなかったので、驚いて硬直してしまう。

「一緒にご飯食べよう！」

そう無邪気な笑みで誘ってくる、華月さん。

学校で人気な美少女ギャルから食事に誘われる。

それは普通であれば優越感に浸れるような嬉《うれ》しくて喜ばしいことだと思う。けれど、教室の雰囲気を見ると素直に喜べなかった。

「え、みらん、マジ？ｗ」

華月さんといつも一緒にご飯を食べているギャル友たちは唖然《あぜん》。その近くでいつもたむろしている陽キャ男子たちは顔を見合わせている。

教室内はまるで時間が止まっているようだった。

そりゃ……スクールカースト上位者が突然、底辺の陰キャを誘ったんだ。そりゃそうなるよな。視線が痛い！

「美蘭《みらん》ちゃん、マジで言ってる？ｗ」

少しの静寂の後、陽キャ男子の一人が苦笑しながら口を開く。

「ん？　そうだけど、何か悪い？」

訊《き》き返す華月さんは笑顔だけど、少しだけピリッとした空気を感じる。

陽キャ男子もそれを察したのか、「いや別に……」と口籠《くちごも》った。

「………」

なんだか重い空気が教室に漂う。

こ、これはいけない……！

そう感じる俺は、頭をフル回転させる。陰キャはこういう空気に敏感なのだ。

俺は別にどう思われてもいい。

しかし、俺のせいで華月さんが周りから浮いてしまうのは良くない！　絶対に良くない！

「すぅ――」

俺は、場の重い空気を吸い込むと、自分の頭を掻《か》きながら思い切って言った。

「は、華月さんは優しいなぁ……！　いつも一人の俺を心配して、声をかけてくれたんですね！　ありがとうございます……！」

「修二……？」

すると困ったような、悲しそうな表情を浮かべる、華月さん。

俺のセリフは棒読みチックだったし、普段大きな声で喋《しゃべ》らないので、そもそも声が出ているか不安だったが、とりあえず、ちゃんと言葉が届いていることがわかって安心した。

「俺……売店に行くので、気にしなくて大丈夫なので……！」

周りに宣言するように言った俺は、できるだけ「気にしなくて大丈夫ですよ」感を出すためにゆっくり歩いて教室を出る。

「めっちゃ緊張した……！」

廊下に出て視線が途切れた瞬間、競歩選手張りの早足で移動したのだった。

＊＊

俺の昼食の定位置は、校舎裏の隅っこ。

非常階段に腰かけて駐輪場を見ながら、いつも昼ご飯を食べていた。

自転車しかない殺風景さに目をつぶれば、大遅刻か、早退する生徒以外は基本誰も来ないので、結構気に入っていた。ちなみにここでは自転車の持ち主の性格を予想するゲームが俺のおススメ。

「一年分のコミュ力は使ったな………」

教室から脱出して定位置にやってきた俺は、未《いま》だに速いビートを刻んでいる心臓を感じながら腰かけた。

いつもならこのまま昼ご飯を食べるところだが……。

「………」

俺は手ぶらだった。

うちの学校はお弁当を持ってくる生徒と、売店を利用する生徒が半々ぐらい。

俺は、一年生の時まではお弁当を作ってもらっていたが、お弁当を作る大変さや利便性を考えて二年になってからは売店を利用していた。

しかし、今日は何も買ってない。

なぜなら――。

「財布、教室に忘れた……」

いつもなら絶対にそんなことないのに！

やはり俺は許嫁ができたことに浮足立っていたのだろうな……。

「今更取りに戻れないしなぁー」

さっきの出来事の手前、今からまた教室へ戻って財布を取る勇気は、俺にはなかった。

まあ、こういう日もあるか……。仕方ない。

諦める俺は空をぼんやりと眺めて、先ほどの華月《はなつき》さんの言動を振り返る。

「まさか誘ってくれるとは思わなかったなぁ」

嬉しかったような気もするし、戸惑ったような気もするし、複雑な気分だ。

それでもやっぱり、嬉しかった感情の方が大きいと思う。学校で昼食を一緒に食べようと誘われたのはだいぶ久しぶりな気がする。

それを……理由はどうあれ、断ってしまう感じになってしまったのは、申し訳ないなと思った。

「俺……許嫁としてやっていけるのかな……」

陽キャギャルと、陰キャオタクとの差はやはりかなり大きいと感じる。

代わり映えしない駐輪場に視線を戻し、結論の出ない思考をぐるぐると巡らす。

お腹《なか》を空《す》かせながら、そういうふうにだらだらと時間を過ごしている時だった。

「やっぱりここにいたー」

そんな声が耳に届き、ハッと振り返ると――。

「華月さん!?」

明るい髪色のギャルが、大きな紙袋を持ってこちらに駆け寄ってくるところだった。

「な、なんでここに!?」

地味な校舎裏に華やかなギャルがやってくることの場違い感にドギマギしてしまう。あわあわする俺に、華月さんは教室で誘ってきた時と同じ笑顔を向けてきた。

「なんでって、一緒にご飯食べようって声かけたのあたしだし」

「いや……というか、よくここがわかりましたね」

「前にね、修二がここでご飯食べているの見たことがあったから。その時は自転車を見つめて、あれはパリピだなフフ、って笑ってたかな？」

「うわぁ……」

マジで……。がっつり見られているわ……。

誰にも見られてないと思っていたのでショックだし、恥ずかしい。

内心で激しく身悶《みもだ》えしていると、華月さんが首を傾《かし》げてきた。

「あれ？　ご飯は？　買ってないの？」

「その……財布忘れてしまって」

バツ悪く言う俺。

からかわれたり、笑われたりしそうだなと身構えていると、ギャルは思わぬ反応をした。

「よかったぁ」

安堵《あんど》するような呟《つぶや》き。

「……よかった？」

首を傾げる俺の前で、華月さんは持っていたオシャレな紙袋から、これまたオシャレな柄の包みを取り出すと、「はい」と差し出してきた。

「こ、これは……？」

おずおずと受け取る俺に、華月さんは頬を少し赤らめて答えた。

「お弁当、的な？」

「お、お弁当!?」

思わぬ言葉にワンテンポ遅れて、俺は声を上げた。

「修二っていつも売店じゃん？　だから……今日、修二の分も作ってきてたんだ」

「華月さんが、俺に……」

陰キャの俺に……お弁当を!?

ギャルの華月美蘭が!?

「よかったら食べてくれる？」

「へ、は、はい……！　ありがとうございます……！」

衝撃から抜け出せないながらも、俺はお弁当の包みを大事に持ち直して、がくがく頷《うなず》く。

「じゃ、座ろっか」

俺がいつも腰かけている定位置の丁度横。

そこにスカートを撫《な》で下ろしながら座った華月さんは、紙袋からもう一つのお弁当包みを取り出していて。

その華月さんの仕草にドキッとする俺は、少し遅れて思考が追い付いた。

「えっと――」

この状況はつまり……華月さんの横に並んで座って、一緒にご飯を食べるということだよな!?　しかも手作り弁当を！

「どうしたの？」

「い、いや……なんでもないです。よ、横、し、失礼します……！」

前代未聞のシチュエーションにドギマギして棒立ちしていた俺は、慌てて華月さんの横に移動する。

腰かけるのは、いつもの定位置——よりも少し横。もちろん、距離が開く方へ。

お弁当を作ってくれた許嫁《いいなずけ》に失礼すぎない適度な隙間を空けて座った。それが今の俺の限界だ。

「お、お弁当、ありがとうございます……」

もう一度お礼を言う俺は、包みを開く。落ち着いた色合いのお弁当箱が姿を現す。

隣の華月さんの持っているお弁当箱はピンクの可愛《かわい》いもので、俺の持っているお弁当より一回り小さかった。

「それ新品だから、安心してね」

「あ、はい……て、え？」

それって、わざわざ俺のために新品のお弁当箱を買ったということ？

違っていたら恥ずかしいので訊けないけど、胸の辺りがふわふわとした感覚に襲われる。

早く中を見て欲しそうな視線を隣から感じ、お弁当箱の蓋に手をかけ開けると——。

卵焼き。唐揚げ。タコさんウインナー。ヘタを取ったミニトマトと、ポテトサラダ等々。思っていたよりも彩り豊かで美味《おい》しそうなおかずが姿を見せた。

しかも、出来合いのものではなく、どれも一手間も二手間も加わっていそうなものだった。

「これ……華月さんが作ったんですか？」

「まあね。美味しくできているかはわからないけど……」

華月さんは何気ない感じで言うけれど、頬と耳が赤くなっている。

普段の派手で華やかな見た目からのギャップというか……意外な一面を間近で感じて、俺は心臓の鼓動が速くなったのを感じた。

「いただきます……」

手を合わせて、早速お弁当のおかずの一つを口に運ぶ。

ここまで来たら、たとえ不味《まず》くても褒めようと思っていた。

しかしそれはいらない心配で、舌の上で見た目通りの料理の美味《うま》さが広がる。濃すぎず薄すぎず、味の加減もばっちり。何より、売店の既製品に慣れていた俺にとって久しぶりの手作りのお弁当で、優しい気分になった。

「めちゃくちゃ、美味しいです……！」

「ホント!?　よかったぁ」

嘘偽《うそいつわ》りない俺の称賛に、華月さんは目を輝かせ、同時に胸を撫で下ろしていた。

その反応で、めちゃくちゃ頑張って作ってくれたんだと感じ、お弁当の有難さが倍増した。

それから二人でお弁当を食べ始めるのだが――。

「…………」

しばらくして問題が発生し、俺は頭を悩ませる。

それは、会話である。

黙々と食べ続けるのも味気ないし、かといって、何か気の利いた話が俺にできるわけでもなく……。

必死に会話の引き出しを探すが、俺の引き出しにはオタク知識しかなかった！

陽キャギャルにオタク話をしたところでドン引きされるのが関の山……。

とりあえず無難に天気の話でもしようかと口を開きかけた時だった。

「あ！　そうそう！」

と、華月さんが声を上げた。

「前からずっと気になってたんだけどさ！」

「は、はい」

何を言われるのだろうと背筋を伸ばす俺に、華月さんは少し頬を膨らませた。

「修二《しゅうじ》って、あたしと話すとき、いつも敬語だよね」

「敬語……!?」

「それって変じゃない？」

「いや、ま、まぁ……でも……」

女子と話した経験は極貧だし、華月さんはスクールカースト頂点のギャルだし、敬語になってしまうのは俺にとっては必然で自然だった。

「あの時は普通に接してくれたのに……」

むくれながらぼそっと言う、華月さん。

あの時……？

記憶を掘り起こすが、いつのことを指しているのかわからない。普通に接したことなんてあったっけ？

訊《たず》ねようとしたがその前に、華月さんからビシッと指を差され、言い渡された。

「これから敬語禁止ね！」

「え!?」

「だって、あたしたち同い年だし……許嫁だし」

頰を染める許嫁のギャルは、少しもじもじしながら付け加えた。

「あと呼び方も、名字じゃなくて、名前でいいから」

「名前……!?」

女子を下の名前で呼ぶのって、陰キャの俺にとってはハードル激高《げきだか》だ。タメ口以上に緊張するかもしれない。

「嫌、かな?」

「い、嫌というわけではないですけど……」

「敬語になってるよ?」

「く――っ」

これが、コミュ力トップクラスの距離の詰め方か……!

と、衝撃を受ける俺に、許嫁のギャルはいつものからかってくるような笑みを浮かべて言ってきた。

「ねぇねぇ、嫌じゃないなら呼んでみて」

「呼ぶって……!?」

「あたしの名前」

三回ほど深呼吸する俺は、意を決して口にした。

「……み、美蘭《みらん》、さん」

ＡＩのようなぎこちない発音をしてしまう俺に、華月《はなつき》さんはくすくす笑う。

「硬すぎｗ　さん、もいらないし、もっと軽く呼んで。はい、もう一回」

「み……み、みらん」

「なぁに？　修二？」

「いやえっとあの――」

訊《き》き返されるとは思ってなかったので、しどろもどろになってしまう。

恥ずかしさとか、照れとかが一気に押し寄せて、自分の顔が熱くなるのを感じた。

そんな俺の反応を、許嫁のギャル・みらんは楽しそうにニコニコと見ていて、内心で頭を抱える。

名前を呼ぶだけでこれじゃ、先が思いやられるな。主に俺の……。


そんな調子で、お弁当も食べ終わった頃だった。

「修二は……あたしとの婚約……許嫁の話、どう思ってる？　やっぱり迷惑だった？」

ふと、隣から問いかけられる。

振り向けば、華月さん――改め、みらんの顔には少し不安げな色が浮かんでいて――。

コミュ症の俺でも真面目な質問だと感じ、居住まいを正して正直に今の気持ちを伝えた。

「戸惑ってはいるけど……迷惑ではないよ」

みらんは、俺とは相反する陽キャギャルだけれど、美人で、気配りもできて……。

これで俺が迷惑だなんて言うのは、おこがましいにもほどがある。

しかし逆に――。

みらんが許嫁なことは迷惑ではないけれど、俺がみらんの許嫁であることによって迷惑をかけてしまうと思った。

先ほどの教室での出来事を思い返す俺は、「でも」と言葉を続けた。

「学校では許嫁のことは内緒の方が……いいかもね」

今日半日、学校の様子を見ていてよくわかった。

みらんは男子からも女子からも凄《すご》く人気で――やはり冴《さ》えない陰キャボッチの俺と許嫁だと知られたら、間違いなくみらんの株が下がってしまう。

みんなを照らす太陽を俺みたいな雲で陰らせてしまうことは避けたかった。

「そっか」

と、みらんはため息を吐《つ》くように呟《つぶや》く。

その数瞬の後、「じゃあさ！」と許嫁のギャルは手をパンと叩《たた》いて、ポケットからごそごそとスマホを取り出してきた。

「連絡先、交換しよ。ＲＥＩＮのＩＤ教えて♪」

「ＲＥＩＮ……!?」

メッセージを送る系のアプリだというのは知っている。

しかし、陰キャボッチの俺が、そんなアプリを使うわけがなく、ダウンロードすらしていない。ちなみに、両親はＲＥＩＮをすでに使っていて、俺にダウンロードしろと言ってきていたが興味が湧かず今までスルーしていた。

ついに俺もＲＥＩＮを使う時が来たのか……。流行《はや》りのアプリを使わないことに若干のステータスを感じていたが、今日でそれも終わり。

許嫁のギャルのキラキラとした瞳に見られながら、早速アプリをダウンロード。

それから、手取り足取りみらんに教えてもらいながら、ＲＥＩＮの連絡先を交換した。

「ほら、こうやってスタンプとかも送ることができるんだよ。通話もできるし」

可愛い猫のイラストがポコポコと送られてくる。

「噂《うわさ》には聞いていたけど……すごいね。読んだかどうかわかるのも便利だね」

「たまにダルくなるけどねー」

「そうなんだ？」

みらんは友達が多いし、便利がゆえの苦労があるのかもしれない。

気持ちを慮《おもんぱか》っていると、みらんがスマホから顔を上げて微笑《ほほえ》みかけてきた。

「これで、修二といつでも連絡できるね」

「そ、そうだね……」

ドキッとする俺は、こくこくと頷《うなず》く。とはいえ、話の引き出しがないので、ＲＥＩＮでも困りそうだ。

会話の参考書的なものを読んだ方がいいかな……。

なんてことを考えていると、みらんのスマホが鳴った。誰かからＲＥＩＮのメッセージが来たみたいだ。

「友達が宿題忘れたみたいで、写させて欲しいみたい。先に教室に戻るね」

苦笑するみらんは、包み直したお弁当箱を紙袋に入れ、教室に戻る準備を始める。

俺は改めてお礼を言った。

「あの……お弁当ありがとう。ご馳走様《ちそうさま》でした」

「喜んでくれてよかったー。また作ってくるね！」

「そんな、無理しなくて大丈夫だから……！　作るの大変だろうし！」

「全然、無理なんかじゃないよ。逆に嬉《うれ》しいっていうか」

みらんはそう笑みを浮かべると、照れるように言ってきた。

「また一緒に食べようね」

その顔に目を奪われる俺は、数テンポ遅れてこくこくと頷く。

教室に戻っていくみらんの後ろ姿を、ぼんやりと見送った。

それから俺は、昼休みの終わりに合わせて教室へ戻る。

まるで夢を見ているような時間だったな……。

ふわふわとした気持ちを抱え、廊下を歩いている時だった。

「おい！　待て！」

どこからか語気強めな男子の声が響いた。

「待てって！」

一体誰を呼んでいるんだろう？

なんか機嫌悪そうだし、目を付けられないように気を付けよう、と一層気配を消して廊下を歩いていると――。

「無視すんなよ！」

声の主《ぬし》にガシッと肩を掴《つか》まれた。

どうやら呼ばれていたのは俺みたいだ。

「えっと……なんですか？」

ビビりながら振り返ると、高身長で男前な陽キャ男子が俺を睨《にら》んでいた。制服のネクタイの色的に一学年上の先輩で……どこかで見覚えがある気がした。

「美蘭ちゃんが優しいからって、勘違いするなよ！」

吐き捨てるように言う陽キャ先輩。

その言葉で記憶がリフレインした。みらんやギャルたち目当てで、よくクラスに来ている他学年の陽キャ男子の一人だった。

つまり昼の出来事を聞いて、ご丁寧にわざわざ苦言を呈しに来てくれたわけか。

「言っておくけど、陰キャのお前が珍しくて話しかけられているだけだからな？　勘違いして付きまとったりするんじゃねぇぞ」

まあ二年に上がってから、特にみらん関連で目立っていたし、今日のことでついに我慢できなくなったのだろう。

それを理解した上で、俺の中である言葉が浮かび上がっていた。

——ダルい！

陽キャたちがよくダルいダルい言っているが、今日初めてその言葉の意味を理解した気がした。

それに、みらんたちを目当てで他学年の生徒がクラスに来ることの方がよっぽど付きまとっている感があるけど。

なんて思うが、それを言ってしまうほど俺は愚かではない。

「おい、聞いてるのか？」

「あ、はい。気を付けます」

この場合は低姿勢で受け流すのが安パイだ。陰キャのスルースキルの腕が鳴る。

それから一言二言言われたが、全て「あ、はい」で聞き流した。

陽キャ先輩は少し気に食わない様子であったが、鼻を鳴らして去っていった。

やっぱり、陽キャって面倒臭いなって改めて感じる。


もう誰にも絡まれないよう気配を消して教室に戻ってきた。

中を窺《うかが》うと、みらんは教室の中にはいなくて、陽キャたちは午後の授業の準備をしていたり、眠そうにしていたりしている。

誰の目にも留まらぬように、そっと教室内に入ったのだが――。

「ちょっとちょっと――！」

今度は女子。

みらんとよく一緒にいるギャル二人に声をかけられ囲まれた。

「みらんとどういう関係なの？ｗ」

「前々から何かあると思ってたんだよねぇー」

矢継ぎ早に話してくるギャル二人。

これは、陰キャのスルースキルでは対応できない……！

どうしたらいいか困惑する俺に、ギャルの一人があっと気付いた顔をした。

「そういえば、うちら初絡みじゃね」

「確かにw　みらんがしょっちゅう絡んでるの見てたから勘違いしてた」

けらけら笑うギャル二人は、俺に名乗ってきた。

「うちは花子《はなこ》」

「アタシは阿月《あづき》。よろ～」

花子と名乗ったギャルは、なんとなくお姉さん気質《きしつ》な印象で、阿月と名乗ったギャルは摑みどころのないふわっとした印象だった。

「お、俺は……永沢修二《えいざわしゅうじ》です」

とりあえず名乗り返すが、問題が解決したわけじゃない。

「で、実際どうなの？w　みらんとの関係は」

花子さんに再度問いかけられる俺は、顔に感情が出ないようできるだけ努めて答えた。

「関係とかは……別にないです」

「え～絶対嘘《うそ》！」

疑ってくる花子さん。阿月さんも納得してない感じだった。

「先週と今日でみらんの機嫌が明らかに違うもん。絶対何かあるって」

「と言われても……俺には全くなんのことか」

迫真の演技でしらを切る俺に、二人はなおも疑いの目を向けてくる。

その時だった——。

「あ、やばっ！」

花子さんと阿月さんが目ざとく入り口を見たかと思えば、慌てて俺から離れる。何ごともなかったかのような素知らぬ顔を二人はした。

困惑する俺だったが、理由がわかった。

みらんが戻ってきたのだ。

一瞬、俺と目を合わせて微笑んだみらんは、そのまま花子さんと阿月さんのもとへ向かっていく。演技が下手なのか、ぎこちない態度のギャル友二人にみらんは首を傾《かし》げていた。

「どうしたの？」

「えー何が？」「それより、みらんさー」

話を無理やり変える二人は、いつものギャルトークを始める。

みらんと許嫁《いいなずけ》だとバレるのも時間の問題な気がするな……。

ギャルたちの鋭さを危惧しながら、俺は席に着く。

ふと視線を感じ周りを見ると、陽キャ男子たちの目が俺に向けられていた。

「………」

強制的だったとはいえ、ギャル二人にがっつり迫られていたわけだしな。これじゃ、また陽キャ先輩に絡まれてしまう……！
もうこれ以上、目立たないよう気を付けよう。
身を引き締める俺は、午後は完全に空気に徹したのだった。
みらんと許嫁になったことで——。
周りも、自分自身にも変化が起こったと感じた一日だった。

掃除の時間
ちょっと男子ー
ゴミ捨ててきてよ
ハァ!?
女子が捨ててこいよ
こつぜん
あれ？ゴミは？
誰か持っていってくれたのか？
スタ スタ スタ スタ
はぁ…
揉めるとうるさいからな…
待って、修二ー！
あたしも一緒に捨てに行くよー

俺は昔から自分のことに関しては深く悩むタイプではなかった。悩んでいたら陰キャボッチな状況に甘んじてはいない。

そんな勝手気ままな俺だったが、最近――めちゃくちゃ悩んでいた。

それというのも、ギャルの許嫁ができてから……。

華月美蘭《はなつきみらん》が許嫁になったことで、今まで避けて経験してこなかったことに直面する機会が増えた。それに伴い、頭を悩ますことが圧倒的に増えてしまったのだ。

たとえば、学校でのみらんとの接し方も頭を抱える問題の一つ。

許嫁の華月美蘭は男女問わず人気で、陰キャとは全く別ベクトルに位置する人間。

それが万年陰キャの俺なんかの許嫁だと発覚した日には、周りからどう思われてしまうかは想像に難くない。

なので、周りにバレないように人前では極力接しないようにしていた。

ただしかし――同じクラスなので、どうしてもみらんの存在を意識してしまうわけで。

移動するみらんをつい目で追ってしまったり……。

みらんと目と目が合って、ついうろたえてしまったり……。

俺とみらんの関係に違和感を抱いている人間がちらほらいるので、ボロが出すぎないよう自分を律することに神経をすり減らしていた。


それからまた別の問題もある。

最近、みらんへの陽キャ男子たちからのアプローチが増えた気がした。

いや、俺がみらんを意識してしまっているから、そう感じているのかもしれない。

とにかく――陽キャ男子たちはコミュ力があるし、女子を相手にしても物怖《ものお》じしないし、見た目もモテるようにしっかり整えていて。

そんな陽キャ男子たちが許嫁のギャルに絡むたびに、俺の中で行き場のない劣等感が沸き上がった。

もちろん、優越感もないわけではない。

陽キャ男子たちがこぞってアプローチするぐらい美人で人気の女子が、つまりは俺の許嫁なわけで。それを自慢したくなるような気持ちもあった。

しかし——だからこそ。

陰キャでオタクな俺はいつか愛想を尽かされるんじゃないか……？

俺は今のままでいいんだろうか……？

許嫁と釣り合っていない自分への劣等感から生まれる焦燥が、日に日に大きくなっていた。

＊＊

そして、今日も昼休みが訪れる——。

いつものように気配を消して教室を旅立ち、人気《ひとけ》の少ない廊下を歩く俺の背に、聞き慣れた明るい声が飛んできた。

「修二～」

ハッとして振り返ると、許嫁のギャルが紙袋を持って駆け寄ってくるところだった。

「み、みらん……？」

本来なら廊下に他に人がいないかを真っ先に確認するべきだが、つい——みらんの姿に目を奪われてしまう。

整った容姿から溢《あふ》れ出す雰囲気はとても華やかで眩《まぶ》しくて、日陰の暗い廊下なのになんだか周囲の明度と彩度が上がった気がした。

突然ライトを当てられたコウモリはこんな気分なんだろうな……。

場違いなことを考えていると、みらんが申し訳なさそうに謝ってきた。

「ごめん、今日、阿月と花子と一緒に食べる約束しちゃってて……いつもの場所に行けないかも」

「え、ああ、全然、気にしないで！」

ケータイの連絡先を交換した日から、みらんとは定期的に校舎裏で一緒に昼食を食べていた。

しかし、さすがスクールカーストのトップというべきか、友達との付き合いがたくさんあるみたいで昼休みは引っ張りだこ状態になることが多かった。

「ホント、ごめーん！」

「そんな謝らなくて大丈夫だよ……！　俺よりも、友達の方を断然優先で大丈夫だから」

嫌みとかじゃなくて、ガチで言っている。ボッチの人間が何を言っているのかと思われるかもだが、やはり友達は大事にした方が良い。それに俺なんかのために気を遣わせて申し訳ない……！

俺のことは気にしないで！　とぶんぶん手を振っていると、みらんが微笑を浮かべた。

「やっぱり、修二は優しいね」

「そ、そう……？」

優しさ、というよりも、申し訳なさのつもりだったので首を傾げる。

そんな俺を上目遣いで見てくるみらんは、紙袋を差し出してきた。

「はい、お弁当」

「……あ、ありがとう！」

廊下に人がいないか改めて確認する俺は、紙袋を受け取る。

紙袋の中のお弁当。

その重さを感じる俺の中に、嬉《うれ》しい気持ちが沸き上がるが、同時に申し訳ない気持ちも沸き上がった。

「…………」

みらんは俺のためにお弁当を作ってきてくれるようになった。

しかし、俺と許嫁だということは、学校では秘密ということにしたので……受け渡しは教室ではなく、校舎裏の定位置や、こういう人気のない廊下。

手間と時間をかけて作ってくれたお弁当を、こんな風に人目を気にしてこっそり受け取っていること――みらんに渡させていることに罪悪感がうずく。

とはいえ……教室とかで大っぴらにお弁当を受け取れば、みらんの評判に悪影響を与えかねないので本当に悩ましいところだ。

「今日は特に自信あるんだー」

「そ、そうなんだ」

屈託のないみらんの笑み……。

それを見るたびに、俺の中で、これでいいんだろうか？　という想《おも》いが募った。

「じゃ、あたしは教室に戻るね♪　空き箱は後で取りに行くねー」

「う、うん。お弁当、ありがとう」

教室へ戻るみらんを見送る。

キラキラと揺れる後ろ髪が見えなくなったところで、俺は大きなため息を吐《つ》き、いつもの校舎裏の定位置へ歩き出した。

「はぁ……」

これでいいんだろうか？

このままでいいんだろうか……？

お弁当の重みを腕に感じながら、俺は思い悩む。

みらんのことは嫌いではない。

むしろ、触れ合うほどにみらんの人当たりの良さとか、純粋さが伝わってきて、もっと華月美蘭という人間を知りたいと思っている。

それに……俺のこともっと知って欲しいとも思っているし、できれば好かれたいとも思っている。

「俺は……どうしたらいいんだろう？」

しかし、そのためにはどうしたらいいのか、どう接したらいいのかがわからず……最近はずっとそれを悩んでいた。

「はぁ……」

距離の詰め方もわからないし、何を喋《しゃべ》ればいいのかもわからないし、ホント、わからないことだらけだ。お弁当のお礼もしたいけど、どうしたらいいんだ？

万年陰キャボッチだった俺にとって、「許嫁《いいなずけ》」という存在でも身に余りまくるが、そのうえ相手が陽キャギャルという未知の領域の存在。

迷宮に迷い込んでしまったような気分で、進み方をずっと迷っていた。

＊＊

「う～ん」

その日の夕方、俺は家の自室にこもって本と睨《にら》めっこしていた。

漫画やラノベではない。『サルでもわかる恋愛いろは』という、見ているとムカついてくるサルのイラストが描かれた恋愛マニュアル本だ。昔の俺だったら絶対に触れることのない本だが、図書室で見かけて、ついつい借りてしまった。

それぐらい俺はみらんとの接し方に悩んでいた。

「やっぱり漠然としたことしか書いてないよな……もっと具体的に書いてくれないかな。陰キャがギャルと接する方法とか」

イラストのサルにぶつぶつと文句を言っている時だった。

ふと、背後に気配が――。

「勉強熱心ね」

ハッと振り返ると、いつの間にか母さんが本を覗《のぞ》き込んできていた。

「なっ!? か、勝手に入ってくるなよ！」

「ノックしたわよ？」

「聞こえなかったし、せめて俺の返事を待ってから――」

慌てて本を隠して抗議する俺だが、母さんはどこ吹く風。

「それより、リビングに来なさい」

俺の文句に、うんうんと心なく頷《うなず》いていた母さんは最後に平然とそう告げて部屋を出て行ってしまった。

「んー……？」

なんだか既視感のある流れに眉を顰《ひそ》めてしまう。

おっかなびっくりリビングに下りると、父さんと母さんが神妙な顔でテーブルの席に座っていた。これまた既視感のある光景だ……。

「修二《しゅうじ》、座りなさい」

父さんに促され、席に座る。

いつぞやと同じ流れで、今から何の話をされるのかはなんとなく予想が付いた。

「修二、みらんちゃんと、どうだ？」

やっぱりその話かぁ……。

「ど、どうと言われても……」

読み通りの話題ではあったけど、返答に窮してしまう。

言葉を濁す俺に、母さんは、憐《あわ》れむように言ってきた。

「修二のことだから……接し方がわからないことを言い訳に、うじうじ何もできずにいるんじゃない？　ゲームではイキってるけど、現実では臆病だからね」

「っ……！」

好き勝手言いやがって！　本当のことだから言い返さないけど！

内心で歯噛《はが》みしていると、母さんと顔を見合わせた父さんが、スッとテーブルに何かを置いた。

「修二、これを使いなさい」

「こ、これは……!?」

「軍資金だ」

テーブルに置かれたのは、そこそこの額のお札だった。

「軍資金って……なんの？」

困惑しながら訊《たず》ねる俺に、父さんはキリッとした表情で告げてきた。

「みらんちゃんをデートに誘いなさい。これはそのデート代として使いなさい」

「デ、デート!?」

デート……!?　デートって、どういう意味だっけ……!?

俺にとってあまりにも馴染《なじ》みのない言葉に、一瞬考え込んでしまう。すぐに、恋愛シミュレーションゲームのコマンドにあったことを思い出した俺は、唖然《あぜん》とした。

「俺が……みらんとデート……」

その時の俺はおそらく、宇宙を考える猫のような顔をしていたのだろう。

「ま、まあ……難しく考えず、次の休みの日に二人で一緒に遊んできなさい」

父さんが気を遣うように言い換えてきた。母さんもなんか悲しげな顔をしている。

「みらんと……一緒に、遊ぶって言っても……」

難しく考えるなと言われたが、どうしても難しく考えてしまう。

なぜなら、全くイメージが浮かばないからだ。陰キャオタクの俺と、陽キャギャルのみらんが一緒に遊ぶ姿が恐ろしいほどに浮かばなかった。

「どうするの、修二？」

考え込む俺に母さんが投げかけてくる。

「どうするって……」

正直、みらんをデートに……遊びに誘えと突然言われても戸惑ってしまう。イメージもできないし。

けれど――。

そんな中、頭に浮かぶのは、陰キャの俺にわざわざお弁当を作ってきてくれる、みらんの姿だった。俺と話す時に見せてくれる純粋な笑顔。お弁当の感想を伝えた時に浮かべる嬉しそうな顔。

それを振り返ると、みらんに対しての有難い気持ちが沸き上がる。

そして同時に……お弁当を、人目を気にして渡させていることへの罪悪感や、周囲に抱いている劣等感、焦燥も胸に沸き上がってきて――。

いろいろと思い返す俺は、大きく息を吐いて決意した。

「……みらんをデートに誘ってみるよ」

お弁当を作ってもらっているお礼をしたいと思っていたし、ちょうどいい機会かもしれない。それに、これをきっかけにみらんとの接し方を掴《つか》めたらいいなと思う。

決心する俺に、両親は少し意外そうな表情を浮かべた。

「あの優柔不断な修二が……！　お母さん感動しちゃった」「いいぞ、修二！　当たって砕けろ！」

なんか、応援されているのかよくわからない声援を受けた。ツライ。

＊＊

「みらんをデートに誘う、とは言ったけど……」

両親から軍資金を受け取った俺は、再び自室で悶々《もんもん》と考えていた。

「デートってどうやって誘えばいいんだ……!?」

早速、新たな悩みに直面していた。

ゲームや漫画の主人公は普通にヒロインをデートに誘っているが、いざ自分がやるとなると全くイメージができなかった。

直接誘った方がいいのか……？

それとも記録に残るメッセージとかで誘った方がいいのか？

みらんにも予定があるし、誘うなら早い方がいいとは思うけれど……そもそもなんて言って誘えばいいんだ？

「わからない……」

マニュアル本やネットの情報を確認するが、いろんなアドバイスがありすぎてドツボだった。

「まあ……とりあえず、記録が残るメッセージでお誘いしてみるか……」

ＲＥＩＮのアプリを開いた俺は、メッセージの文面を打ち始める。

恋愛マニュアルには共通して「誠実さが大事」というのが出てきていたので、それを意識した内容にするつもりだ。

「あまり重すぎるのも良くないと思うし、さり気なさを装いつつの……」

いろいろとメッセージを打ち出しては消しての繰り返し。

ようやくこれだというものが思い付いたのは、相当時間が経《た》ってからだった。

それから何度も何度も読み返して推敲《すいこう》を重ねたメッセージがようやく完成した。

人生初のデートのお誘いとしては、個人的には悪くないと思うが……。

メッセージを送っても非常識ではない時間帯だということを改めて確認した俺は、送信ボタンを押そうとして、指が止まる。

「ふぅ……」

心臓の鼓動が速まり、指が震える。

女子をデートに誘うのって、こんなにも緊張するのか……！

スマホの前で何度も深呼吸した俺は、ついに意を決して送信ボタンを押した！

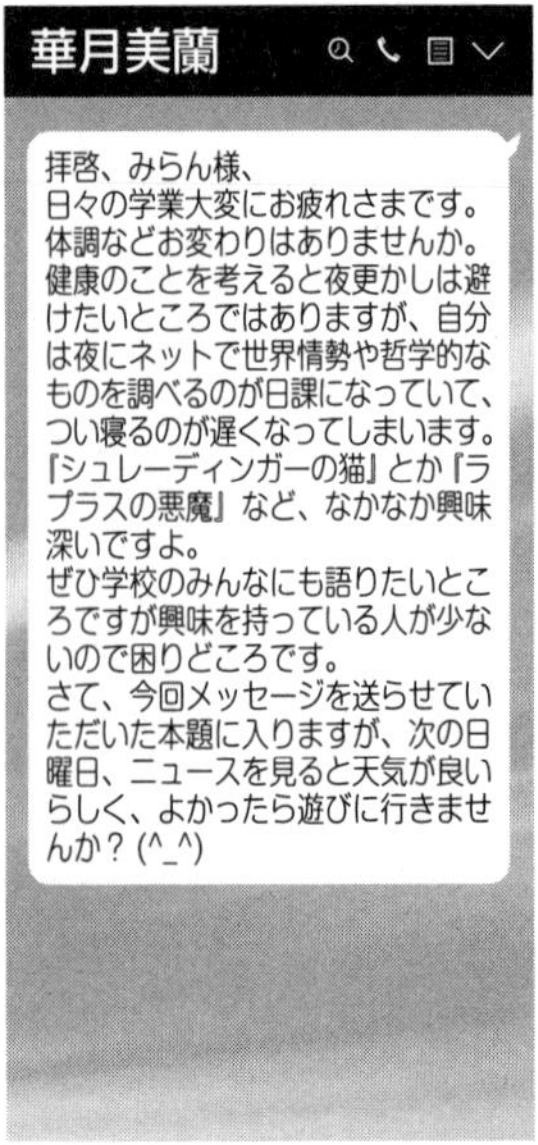
華月美蘭
拝啓、みらん様、
日々の学業大変にお疲れさまです。
体調などお変わりはありませんか。
健康のことを考えると夜更かしは避
けたいところではありますが、自分
は夜にネットで世界情勢や哲学的な
ものを調べるのが日課になっていて、
つい寝るのが遅くなってしまいます。
『シュレーディンガーの猫』とか『ラ
プラスの悪魔』など、なかなか興味
深いですよ。
ぜひ学校のみんなにも語りたいとこ
ろですが興味を持っている人が少な
いので困りどころです。
さて、今回メッセージを送らせてい
ただいた本題に入りますが、次の日
曜日、ニュースを見ると天気が良い
らしく、よかったら遊びに行きませ
んか？ (^_^)

「送っちゃった……」

送った後になって、こう書いておけばよかったとかいろいろと粗《あら》が見えてしまうもので、スマホの前で悶《もだ》える。

それに誘ったはいいものの、俺と出かけるなんて気が進まないかもな……。

なんなら下手したら返事はないかもしれない……。

そんなネガティブ思考に陥ったのも束《つか》の間《ま》――。

「早――っ!?」

数秒で既読が付いて、返事がきた。

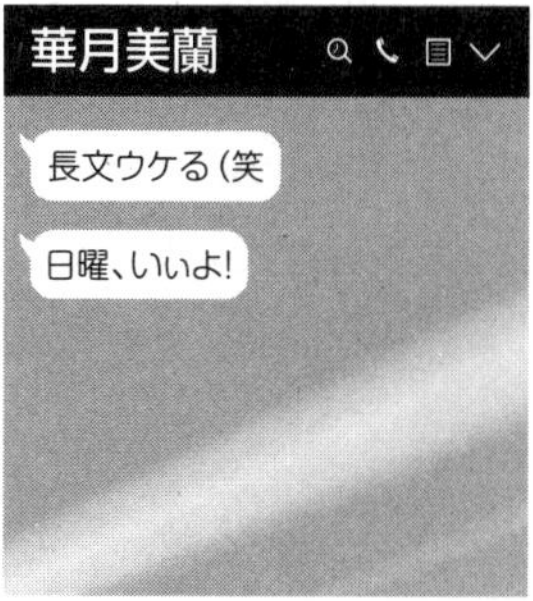

「…………」

みらんからのメッセージを見つめて、しばらくの間、脳内で反芻《はんすう》する。

言葉の意味を飲み込むと同時に、ふわふわとした達成感が沸き上がってきた。

「な、なんとか誘うことができた……！」

まるでゲームの高難易度のミッションに成功したような気分だ。下のリビングに両親がいなければ、気分良く飛び跳ねていたかもしれない。

浮かれる気持ちを抑え、みらんに返信しようとして――はたと手が止まった。

「誘えたはいいものの……デートって何をしたらいいんだ？」

デートに誘うことだけで頭がいっぱいだったので、内容を全く考えてなかった……！

女子をデートに誘うことが人生初なので、もちろん、デートも今までしたことがない。

ゲームや漫画ではよくあるイベントではあるけれど、フィクションだし、俺に再現できるか甚だ疑問だった。

しかも、相手は普通の女の子ではなく――オシャレで陽キャなギャル。

より一層内容を考えることが必要だと思えた。

「お、俺に……できるのか……？」

さっきまでの達成感とは一転、めまいがする気分だ。

それでも……俺の誘いを嫌がらずに受けてくれたし、みらんにつまらない思いはさせたくない。

「やるか……」

デート決行の日曜まではあまり日にちはないけれど、俺にはネット検索と、恋愛マニュアル本がある……！

その日から、俺のデートプラン作成の戦いが始まった。

そして、あっという間に日にちは迫っていき――。

＊＊

日曜日。デートの日がやってきてしまった。

事前にチェックしていた天気予報の通り、本日快晴。

できるだけ身だしなみを整えて家を出発した俺は、眩《まぶ》しい太陽に照らされながら、街の待ち合わせスポットへ向かう。

デートプランは完成して準備はバッチリのつもりだが……。

一つ、大きな懸念があった。

「………」

恋愛マニュアル本にはデートに向けて「体調を整えておこう！」と書かれていたが……

今日の俺のコンディションは最悪だった。

不調の原因はわかっている。

「緊張して眠れなかった……！」

そう、圧倒的・睡眠不足！

今日のデートプラン作成に睡眠時間を削っていたのもあるが、何より、昨日は緊張してしまって一睡もできなかった！

徹夜状態で今日のデートプランをやり抜けるかが心配だった。

「ちょっと早く来すぎたかな……いやでも何があるかわからないしな……」

街の待ち合わせの目印として使われているオシャレな銅像の前。予定よりもだいぶ早く到着した俺は、時間を確認して周りを見回す。

日曜日ということもあり、やはり行き交う人が多い。

特にこの待ち合わせスポットなんかは人が密集しており、インドアな俺には相当の圧だった。

「待ち合わせの時間まであと三十分か……」

人の圧は強いが、心の準備をするには十分な時間がある。

待ち合わせスポットの隅で、目立たないように深呼吸しようとした時だった。

「あれ？　修二《しゆうじ》、もう来てたんだ！」

聞き慣れた明るくて涼しげな声。

雑多な音が溢《あふ》れている中でも、その声だけはしっかり聞こえて——。

振り向けば、華やかなギャル。今日の約束の相手が、笑顔でこちらに駆け寄ってくるところだった。

「……よ、よ、よう」

不意打ち気味なみらんの登場に、つい緊張から変な挨拶というか声を出してしまう。

「おはよう——！」

と、目の前にやってくるみらん。

その大きな瞳に見つめられて、俺はおろおろとしてしまうのだけど、どうかその反応を許してほしい。

なぜなら……今日のみらんはいつも以上に綺麗《きれい》だったから。

普段の学校の制服姿でも、みらんは人の目を惹《ひ》きつける華やかさがある。

けれど、今日の私服姿のみらんは、オシャレとかに疎い俺でも、つい見惚《みと》れてしまうぐらい綺麗で華やかだった。

以前、許嫁《いいなずけ》の挨拶に来た時は落ち着いた私服姿だっただけに、強烈なパンチを受けたような気分になる。

「…………」

その感覚は俺だけじゃないみたいで、周りの人たちの視線がみらんに集まっていて――。

「あの子、可愛《かわい》くない？」「モデルさんかな？」「すごいオシャレ」

そんなアニメや漫画でしか聞かないセリフがリアルで起こっていた。

「もしかして、あたし、時間……間違えてた？」

立ち尽くす俺に不安を覚えたのか、スマホを取り出して確認しようとするみらん。

我に返る俺は、慌てて言った。

「い、いや、俺が早く来ていただけだから……！」

むしろ、俺が間違えて早い集合時間を伝えてしまった可能性がある……！

なんてパニックになっていると、みらんが少し残念がるように呟《つぶや》いた。

「早く来て、せっかく修二を驚かそうと思ってたのになぁー。先越されちゃった」

「ご、ごめん……」

反射的に謝る俺に、みらんは笑った。

「なんで謝るの？w　超ウケる」

「そ、そうだよな……ハハハ」

ヤバい……！　どうリアクション取っていいかわからないし、なんなら俺の口調もおかしい気がする！

俺は……本当に今日やっていけるのか!?

「じゃあ遊びに行こ行こー！」

「う、うん……！」

テンションの高い許嫁のギャルに引っ張られるように歩き出す。

落ち着け俺……！　ステイ・クールだ！

今日は、お弁当とかのお礼を含めて、みらんに楽しんでもらうんだ。

初《しょ》っ端《ぱな》から不安と緊張に苛《さいな》まれる俺だが、今日の目的に立ち返って自分を鼓舞した。

ということで——。
予定よりも早いスタートになったが、俺は事前に用意していたプランに沿って、ギャルが喜びそうな場所へみらんを連れていった。

＊＊

☆プラン1《オシャレなクレープ屋》

テレビでも紹介され、女子たちの人気沸騰中のお店をピックアップ！

もちろん普段の俺なら絶対一人では行かないし、近寄りもしない。

しかし、みらんは甘いものが好きだというのは耳にしていたので、まずはここでデートの勢いを付けたい。

《実際》
「この行列は……想定外だ……」
クレープ屋には某夢の国の人気アトラクション並みの行列が出来上がっており、俺は目を剝《む》いた。
まさかクレープでここまで人が並ぶとは思わなかった……！　完全に侮っていた！

行列を前にどうしようか迷う俺だったが――。

「ここのクレープ、めっちゃ気になってたんだ！」

みらんは行列なんて見えていないかのように、クレープ屋を見て嬉々《きき》としていた。

「な、並ぶけど大丈夫……？」

「よゆう～！　並んだ分だけ美味《おい》しく食べられるし！」

るんるんと行列の後ろに並ぼうとするみらんに、俺は少しホッとする。

そのまま一緒に行列に並んだはいいが、しかし、今度は待ち時間の過ごし方に悪戦苦闘することになった。

「そ、そういえば……今日、晴れてよかったね……」

今日のために用意していた会話デッキから『天気の話』を発動させると、みらんがまさに晴れのような笑顔を向けてきた。

「ホントよかった！　実はね、今日晴れるようにって、てるてる坊主作ってたんだ」

「てるてる坊主!?」

「写真、見る？w」

みらんがスマホの写真を見せてくれる。目がくりくりとした、てるてる坊主が二体写っていた。

「す、すごい……か、可愛いね……！」

「でしょー♪」

高校生ギャルでも、てるてる坊主作るんだ……!?

思わぬ衝撃を受ける俺は、そこから話を膨らませることに失敗し、『天気の話』の効力は終了してしまった。

それからさらに『宿題の話』『犬派か、猫派か』等々、会話デッキから話を捻《ひね》り出していく俺だが、会話のリターン能力が低いため、この待ち時間であっという間に大半を使い尽くしてしまった。

お陰で気まずい沈黙が防げたので、良しとしよう……。ちなみに、みらんは猫派だった。

それからようやく順番が回ってきて、クレープを注文。

お店のクレープは並んだかいがある美味しさで——。

「映《ば》えるし、めっちゃおいしい～！」

スマホでクレープの写真を撮りながら、みらんは美味しそうに食べていた。

とりあえずは、このプランは及第点か……？

☆プラン2《オシャレな小物屋&服屋》

腹ごなしとして、ギャルが好きそうなオシャレかつ可愛い系の小物屋や、服屋が立ち並ぶ通りでショッピング！

自分の服を買ったのっていつだった系男子の俺にとっては、全く縁遠い場所である。ちなみに、デート当日の服は親が用意してくれていた。

みらんはファッションに敏感だし、漫画やアニメなどでもショッピングにテンションが上がる女子が描かれていることが多いので、プランに組み込んだ。

《実際》

「なんだ……この圧倒的な陽キャオーラは……！」

人が多いことは覚悟していた。

しかし、通りを行き交う人々はみんな揃《そろ》いも揃って陽キャオーラを爆発させており、俺は圧倒される。なんなら、お店や土地自体からも陽キャオーラを放っているように感じた。

「完全な陽キャスポットだ……」

でもだからって、陽キャ集まりすぎだろ……他に行くところないのか？

陽キャの人込みを見て内心で呻《うめ》くが、俺もここに来ているので複雑な気持ちになる。

というか……陰キャの俺がこの通りを歩いていいのだろうか？

陽キャスポットに足を踏み入れることに躊躇《ためら》う俺だったが——。

「見て見て、修二！　あれ超可愛くない？ｗ」

許嫁の陽キャギャルが、立ち並ぶお店に吸い寄せられるように歩いていってしまう。

「ちょ、ちょっと待って——！」

見失ったら捜すのに苦労しそうなので、俺は慌ててみらんの後を追いかけた。

「修二がこれ付けてたら、ウケるかもｗ」

ファンシーな小物屋の前。みらんは、ある商品を指差して、笑いながら俺に振り返ってきた。

「え、ど、どれ？」

「これこれ、このカラフルなやつｗ」

見ると、その商品は機能性無視のふざけたスマホケースだった。

「す、凄《すご》いデザインだね……電話したら目に刺さりそうだし、色も強すぎて目がチカチカする。これ本当に買う人いるのかな……？」

いやでもこれで陰キャの俺がウケを取れるのなら、一考の余地があるかもしれないな……。

なんて真面目に検討している間に、みらんは次から次と面白いデザインのグッズや、可愛い小物を俺に見せてくる。

それらに対して俺は真面目にリアクションを取っているだけなのに、みらんは最終的には腹を抱えて笑っていた。

思い描いていた展開とは少し違っていた気がするけど、まあ……みらんが楽しそうなのでこのプランも及第点か……？

☆プラン３《オシャレなパンケーキ屋》

写真映えするパンケーキを提供してくれる、話題のお店をチョイス！

俺一人では行かないのは、言わずもがな。

そもそもパンケーキというものを今まで食べたことがない。ホットケーキの親戚？　何が違うんだ？

とりあえず、甘いものが好きな女子は大体パンケーキが好き、みたいな記事を読んだのでネットでお店を予約しておいた。

《実際》

「ヤバい……クレープがまだお腹《なか》に残ってる……」

マップを確認しながらお店に向かう俺は、漂ってくる濃厚な甘い香りにお腹をさする。

最初に食べたクレープがまだずっしりと胃袋に居座り続けていた。

クレープって軽い食べ物のイメージがあったけど、結構重いんだな……！

リアルを体験してこなかった経験の差が出た気がした。

「ミスったかな……」

みらんもお腹いっぱいだと思うし、食べられるだろうか……？

とはいえ予約しているので、時間はズラせないしな……。

プランに後悔しながら歩くこと数分——目的のパンケーキ屋さんに到着した。

「え、ここ有名なところじゃん！　めっちゃオシャレ！」

木目調の落ち着いたお店に歓声を上げるみらん。それに俺は少し救われる。

そのままお店に入り、店員さんに席に通されて——メニューを見た俺はうっと怯《ひる》んだ。

「す、すごいメニューだね……」

甘さをフルスロットルさせて、カロリーをオーバーヒートさせたようなパンケーキ写真がずらりと並んでいた。

こ、これは……ドリンクぐらいにした方がいいかな！

みらんにも申し訳ないことしたな……。

と、向かいに座る許嫁《いいなずけ》のギャルに目を向けると――。

「いっぱい種類あって迷う～。どれにしようかな？」

みらんは、目を輝かせてメニューを見ていた。

「さ、さっきクレープ食べたけど、お腹は大丈夫……？」

「甘いものは別腹だから大丈夫♪」

「そ、そうなんだ」

最初に食べたクレープも甘いものだった気がするけど、そこは触れないでおこう。

みらんは、悩んだ末にフルーツと生クリームがてんこ盛りなパンケーキに決めていた。

そうなると、自分だけ食べないのも良くない気がしたので、俺もできるだけシンプルそうなパンケーキを注文。

「うわぁすごい！ｗ」

しばらくして運ばれてくる盛り盛りのパンケーキに、みらんは歓声を上げながらスマホでパシャパシャ写真を撮っていた。

俺のも届き、思っていたよりかは軽そうな見た目に安堵《あんど》した。が、一口パンケーキを食べて考えが甘かったことを悟った。

「す、凄く……濃厚だ……！」

ふわふわとした見た目の内側に潜む、重厚なミルクとバターの濃厚さと、甘さ。

確かに美味しいけれど、これ絶対カロリーと血糖値が振り切れるって！

一口目ですでに食べきれるか不安になる俺だが――。

「めっちゃおいしぃ♪」

みらんは、盛り盛りのパンケーキをパクパク喜んで食べていた。

本当に別腹なんだ……！

目の前の光景に唖然《あぜん》とする俺は、甘い物好きの女子の凄さを痛感したのだった。

ちなみに、この後、俺も頑張ってパンケーキを食べきった。

俺の胃袋はやられたが、みらんは喜んでくれたので、トータル的にこのプランも及第点だろうか……？

☆プラン４《ゲームセンターで腹ごなし》

周辺のマップを検索するとパンケーキ屋さんの近くに大きなゲームセンターがあったので、腹ごなしの意味も含めて組み込んでみた。

ただ、ゲームセンターはオタクと陽キャの狭間《はざま》にあるところなので、ギャルが喜ぶかは際どいところ。みらんが興味を示さなかったらすぐに出るつもりだ。

ちなみに、インドアの俺だが、ゲームセンターにはたまに行くことがある。自慢ではないが、クレーンゲームの腕にはそこそこ自信があった。

なので、そのクレーンゲームでみらんが欲しそうな景品があれば、華麗に獲《と》って格好いいところを見せたい！

学校では良いところを見せられないし……。

むしろ、そのためにここのプランを組んだといっても過言ではない。

《実際》

「ゲーセン、近くにあるの？　めっちゃ久々かもw　いいじゃん行こ行こー！」

今からゲームセンターに向かおうと思っていることを伝えると、許嫁の陽キャギャルはノリノリで歩き始めた。

それを見て、まずは一安心。テンションが下がったりしないか懸念していたので、胸を撫《な》で下ろす。

情報通り、パンケーキ屋さんから少し歩くと、大きなゲームセンターが見えてくる。店の外からも派手なクレーンゲームがたくさん見えており、俺の腕が鳴った。

「こんなところにあったんだ！　結構広いねー！」

感心するみらんと一緒に、店内を見て回る。リズムゲームやシューティングゲーム、メダルゲームなど種類豊富に置いてあるが、クレーンゲームのコーナーが店の面積の半分を占めていた。

「これ、デカすぎてウケるw　こんなのホントに獲れるのw」

必然的にクレーンゲームのコーナーを散策することになり、バラエティ豊かな景品をみらんは面白げに眺めていた。

そのみらんに俺は意気込んで言った。

「何か好きなの獲ってあげるよ」

「え、こういうのって難しいんじゃない？」

「まあ見てて」

さぁて、俺の格好いいところをいっちょ見せますか！

と、内心で腕まくりをする俺は、とりあえず、先ほどみらんがウケていた景品――めちゃくちゃデカい猫の顔のぬいぐるみを獲ろうとする。

「ぐっ――」

獲ろうとする――！

頑張って獲ろうとするのだが――！

「ぐくっ……獲れないっ……！」

徹夜のせいか、緊張のせいか、単純に俺の技術が低いせいか――全く景品が獲れなかった。

何度も挑戦するが、ことごとく失敗してしまう。獲れそうな気配すら感じなくて。

このままじゃ格好悪いって……！

格好つけて挑戦した手前、意地になりかけていると、みらんがツンツンと俺の肩を突《つつ》いてきた。

「修二《しゅうじ》、あれとかどうかな？　獲りやすそうだし、可愛《かわい》いかも」

違うクレーンゲームを指差す、みらん。

それは、猫がぶら下がったストラップが山盛り入ったクレーンゲームだった。

「あれでいいの？」

「うん！　獲れる？」

今やっているクレーンゲームよりも難易度は低いが、その分、景品のグレードも低い。

そんなのでいいのだろうかと悩むが、みらんが欲しそうにしているので台を移動する。

集中し直してプレイすると……さっきまでが嘘《うそ》のように、今回はあっさり一発で獲ることができた。

「ど、どうぞ……」

複雑な思いで景品のストラップを差し出す。

改めて猫のストラップを見ると、小さいし、安っぽさを感じる作りで、本当にこんなのでよかったのか？　と不安に思う。

しかし、それを受け取るみらんは満面の笑みで喜んだ。

「うわぁ！　ありがとう！　めっちゃ大事にするね♪」

ストラップ一つでそんなにテンションが上がるのかと驚いてしまうぐらい、みらんは本当に嬉《うれ》しそうにしており……。

格好いいところを見せるという目的は果たせなかったけど、不思議と満足感があった。

クレーンゲームを続けるのもアレだし、せっかくなので他のゲームを一緒にしようかなと考えていると――。

「そうだ！　修二、一緒にプリ撮ろうよ！」

みらんがウキウキと、あるエリアを指差して提案してくる。

「プリ……？」

指差す方へ振り返った俺はハッとする。

そのエリアは俺が普段近寄らない、いや、近寄れないエリア――様々なプリントシール機が置いてあるコーナーだった。

「俺……撮ったことないけど、大丈夫……？」

プリントシール機のコーナーは男性のみの入場が禁止されているところがあるなど別世界感が強いので、陰キャボッチの俺はもちろん一度も入ったことがないし、やったこともない。漫画やアニメでの知識はあるが、ほぼ初見だ。

「初プリってこと？w　いいじゃん！　撮ろ撮ろー！」

許嫁のギャルに連れられプリントシール機のコーナーに入っていくが、カップルや女子のグループが多く、俺は挙動不審になってしまう。

「これにしよう！♪」

結構な種類の機械があったが、みらんはその中でも特に装飾が派手な機械の幕の中に入っていった。俺もおっかなびっくり後に続く。

撮影空間は外観のイメージよりも広かったが、ほぼ密室状態で……。

「………」

この中でみらんと二人で写真を撮るのか……。

画面のメニューを操作する許嫁の後ろ姿を見る俺は、意識してしまってガチガチに緊張する。

撮影が始まると機械から表情やポーズの指示をされるが、俺は緊張からほぼ棒立ちになってしまった。

「修二、ウケるｗ」

印刷する前に、写真にいろいろと文字やエフェクトを付けれてデコれるらしく――みらんは撮れた写真をデコりながら、クスクス笑っていた。

「はい、修二の分♪」

「あ、ありがとう……これ本当に俺……!?」

切り分けたプリを貰《もら》った俺は、目を見開く。

機械のフィルターによって、顔の輪郭や目の大きさが変わり、俺は根暗な陰キャ男子から、陽キャっぽい男子に印象が変わっていた。

みらんの方は、正直フィルターがかかっていない方が可愛いと思うけど、満足げな顔をしているので余計なことは言うまい。

「初デートの記念だね♪」

ご機嫌そうなみらんの姿に、俺もなんだか嬉しくなった。

俺がクレーンゲームでムキになってしまったところ以外は、このプランも及第点でいいかな？

＊＊

俺が考えてきた大体のデートプランを終えた頃には、陽《ひ》が少し傾き始めていた。

最後に景色の良い公園を散策して今日のデートは終わるつもりだ。

予想外のことが多くて、想定していたプラン通りとはいかなかったけど……概《おおむ》ねみらんは喜んでくれたんじゃないかと思う。

ちょっとでも楽しいと感じてくれていたらいいなと思う。

「…………」

しかし――。

普段行かない数多くの陽キャスポットを巡ったことで、俺の陰キャメンタルはかなり疲弊していた。緊張で吹っ飛んでいた睡眠不足からの眠気もじわじわと迫ってきていた。

もうひと踏ん張りだ！　頑張れ俺！

そう気合を入れ直していた時だった。

「あの店、修二の好きそうな店じゃない？」

隣を歩いていたみらんが、とある店を指差す。

それは、看板にでかでかとアニメのキャラクターが描かれたアニメショップだった。

俺の好きそうな店……全くもってその通りではある！

「いや……その……」

けれど、ギャルに対してどう反応したらいいのか困った。

俺がオタクだということは一応、みらんには知られている。一年生の時にバレて、いろいろと根掘り葉掘り質問されたことがあった。なので、今更隠しても仕方ないのだけど。

「す、好きで悪かったな……」

今日一日、疑似陽キャ男子として過ごしたこともあり、歯切れ悪く口にする俺。

その俺に、みらんは首を傾《かし》げて言ってきた。

「別に悪いことじゃなくない？」

「そ、そうかもしれないけど……」

陽キャ男子たちと比べると、格好悪く見えるしな……。

もやもやとした感情を抱く俺に、みらんがノリノリで提案してきた。

「ちょっと行ってみようよ！」

「え!?」

一瞬耳を疑った俺は、慌てて言った。

「いやいや、あそこは別世界だからやめた方がいい！」

「いいじゃん！　気になるし行きたーい！」

「いやでもな……てっ、ちょっと待って！」

好奇心スイッチがオンになった陽キャギャルは止められない！

ノリノリのままお店に入っていってしまうので、慌てて後を追う。

「うわぁーすご！ｗ」

店の中に入ったみらんは、棚にたくさん並んだアニメグッズや漫画に目を丸くしていた。

しかも、よりにもよって美少女キャラ作品がたくさん並んでいるコーナーを見ていて最悪だった。お客のオタク（同志）たちも突然現れたギャルに困惑している。

「だから言ったのに……！」

余計にオタク（俺）のイメージが下がったな……。

落ち込んでいると、みらんが興味深げに本の表紙を指差してきた。

「ねぇねぇ、これ、めっちゃ胸大きくない？ｗ」

「し、仕方ないんだよ。そういう作品なんだよ」

胸が強調された美少女イラストを見つめるギャルに慌てて弁明するが、何の弁明にもなっていない気がする。

それからしばらく可愛い女の子のイラストやグッズを眺めていたみらんは、不意に俺に問いかけてきた。

「修二はさ、どういう女の子が好き？ｗ」

「え――!?」

思わぬ質問に一瞬、思考がフリーズしてしまう。

「こういう子とか、どう？ｗ　好き？」

本の表紙を指差す、みらん。

そこには指差している本人と似た、明るく派手なギャル系ヒロインが描かれていて――。

「ん……ん～」

答えに窮してしまう。

もちろん嫌いではない。むしろ、みらんと許嫁《いいなずけ》になったことで意識してしまうようになった属性のキャラだった。

しかし……！　ギャル系美少女キャラを、本物のギャルを前にして好きと言ってしまうのは……許嫁としても、オタクとしても、どうなんだろうと悩んでしまう。

「やっぱり、こういう子とかの方が好き？」

俺が激しく葛藤する中、みらんが違う本を指差してくる。

そこには、今度は、黒髪の清楚《せいそ》系ヒロインが描かれていて――。

「えっと……」

またも答えに困る。

もちろん、その属性のキャラも嫌いではない。むしろ清楚系と言えば、昔からオタクウケが良いタイプだし、俺も例に漏れず好きではあるのだが……。

しかし……！　みらんと正反対な属性なので、うんとも頷《うなず》き難《にく》く――。

「ど、どのキャラにも魅力があって……なかなか決められないね……」

そんな当たり障りのない曖昧なことしか言えなかった。

その俺に、みらんは「じゃあさ」と、ニヤニヤしながら問いかけてきた。

「あたしが、こういう服を着てきたらどう思う？w」

先ほど指差した清楚系ヒロインを見つめる、みらん。

そのヒロインの服は、色合いが落ち着いた、まさに清楚感溢《あふ》れる服装で……。

許嫁のギャルが、その服装をしている姿を想像してみるが……三次元の経験値が少ない俺には上手《うま》くイメージできず。

「ど、どの服を着ても……似合うと思うよ」

先ほどと同様、当たり障りのない返答をする。ただ、今回は本心でもあった。

みらんならどんな服でも着こなせそうだし、似合いそうな気がする。

「そっかー」

と、頷くみらんは、なんだかくすぐったそうに笑っていた。

それからも陽キャギャルは飽きずに店内を見て回り、俺は冷や汗をかきながら付いていく。

その中──ふと、みらんがあるアニメのイラストに興味を引かれたようで立ち止まった。

「これ、綺麗《きれい》で可愛《かわい》いね！」

「あ、ああそれね……見た目は可愛いけど、ストーリーはしっかりしてて」

とまで言いかけて慌てて口をつぐむ。

あぶないあぶない……危うくオタク語りをするところだった。

「それで、どんな話なの？」

しかし、興味津々に訊《たず》ねてくるみらんに見つめられ、俺は戸惑いながら口を開いた。

「そ、そうだね……えっと……最初は普通の日常が描かれるんだけど、回を重ねるごとにその生活がおかしいことに気付いていって――」

最初は軽くだけ。本当に軽くだけ説明するつもりだった。

しかし、昔ハマった作品だったことと、オタクグッズに囲まれた雰囲気もあり――気付いたら俺は、みらんに長々とそのアニメの話を語ってしまっていた。

「あ――」

ハッと我に返った俺は、自分の過ちに遅れて気付く。

ヤバい、やってしまった！　陽キャギャルにアニメをめっちゃ語ってしまった！

ドン引きされたか……気持ち悪がられたか。

「…………」

恐る恐るみらんの表情を窺《うかが》うと……。

「めちゃくちゃ面白そうじゃん！　今度、観《み》せて！」

「え……!?　い、いいけど……」

予想に反して、みらんは目を輝かせていた。

思ってもみなかった反応に衝撃を受ける俺は、あたふたとしてしまう。

「ねぇねぇ、これはどんな話なの？　観たことある？」

みらんは、それからさらに他の作品のことも訊ねてきて――。

俺はその反応に戸惑いながら説明する。長ったらしい俺の解説でも、みらんは退屈な素振りは見せず真剣に聞いていた。なんならより興味を示してくれた。

「…………」

そのみらんの姿に俺は逆に見入ってしまう。

以前の俺――みらんと許嫁になる前の俺は、ギャルなんて別世界のわかり合えない人種だと思っていたし、苦手意識があった。

許嫁として接する中でもその意識はどこかにあって。

陽キャギャルだから華月美蘭《はなつきみらん》もきっとこういう人間だ、と勝手に決めつけてしまっていた自分がいて……。

みらん本人のことをちゃんと理解していなかったのだと、俺は反省した。

「どうしたの？」

「い、いや、なんでも……！　それよりそろそろ出ようか」

アニメショップから出ると、みらんが振り返って微笑《ほほえ》んでくる。

「楽しかったね♪」

「う、うん……」
ギャル——いや、みらんは素敵な子なんだなぁと改めて思った。

＊＊

思わぬアニメショップの寄り道があり、公園を散策する頃にはだいぶ陽が傾いていた。

そのお陰か、調べておいた公園の映《ば》えスポットは夕陽《ゆうひ》でより綺麗になっていて——。

「めっちゃここ映えるじゃん！」

みらんはとても喜んでくれた。

スマホで写真をパシャパシャ撮る許嫁のギャルを見ながら、俺は近くのベンチに腰掛ける。幸い人通りは少なく、今日一日人込みの中にいたので開放感に満たされた。

「ちょっと、近くの自販機で何か飲み物買ってくるねー」

「あっ、俺が行くよ」

立ち上がろうとしたが、ニコリと笑ったみらんに制止された。

「大丈夫！　エスコートしてくれたお礼♪」

「あ、ありがとう……」

自販機はそこまで遠くないので、有難く好意を受けることにする。

買いに向かうみらんの後ろ姿。夕陽に照らされたギャルの後ろ姿を眺める俺は——。

「みらんは、今日のデート楽しんでくれたかな……」

今日の責任感やら達成感やらいろんなものを思い返して大きく息を吐く。

俺は……大変だったけど、楽しかったな。

「…………」

胸に湧く満足感。

春の終わりかけの涼しい風が公園を吹き抜けていき。

ふと、疲れが心地よく押し寄せてきて、瞼《まぶた》が重くなったかと思えば——。


「…………っ？」

最初に感じたのは、頭を撫《な》でられる感覚だった。

その後に横になっている感覚と。

それから、何か柔らかいものを頭に敷いている感覚がやってきて——。

「やば、寝てたっ！」

ハッと目を覚ました瞬間、みらんの声が降ってきた。

「修二《しゅうじ》、おはよう♪」

「え、えっと……!?」

みらんに至近距離から顔を覗《のぞ》き込まれていて――。

綺麗な瞳に、艶っぽい唇。みらんの息遣いを感じ、心臓がドキドキと速まる中で慌てて状況分析する。

これは一体どういう状況だ……!?

えっと、俺は今、ベンチで横になっていて……みらんに見下ろされていて……後頭部には温かくて柔らかいものがあって……。

え、こ、こここれはまさか……!?

かの有名な『膝枕』というやつ――!?

「――――!?」

ということは、俺が頭に敷いているのは、みらんの太もも!?

「ご、ごめんっ！」

とんでもない状態にあることに気付いた俺は、慌てて飛び起きようとする。が、しかし、なんたることか、みらんに頭を押さえられた。

「もうしばらくこのままでいいよ」

「い、いや、そういうわけには……！」

後頭部に感じる弾力と柔らかさにドギマギしてしまう俺に、みらんは優しく言ってきた。

「修二、今日、ちょっと体調悪そうだったし、無理しないで」

その言葉にドキッとする。

俺の体調が万全じゃなかったこと、見抜かれていたのか……。

心配させてしまったことに申し訳なさを感じる俺は、正直に謝った。

「ごめん……あまり寝てなくて……」

「どうしたの？　何かあった？」

「いやその……今日行くところを調べたり……あと、緊張で……」

恥ずかしい……！

己のダメダメな陰キャさがさらけ出されている気がして、羞恥に悶《もだ》える。しかも、女子に膝枕されているし。いろんな恥ずかしさで俺はつい顔を手で覆う。

「そうなんだ。ウケるｗ」

みらんの笑い声が降ってきたかと思えば、突然、頭をわしゃわしゃと撫でられた。

「ちょ、ちょっと何!?」

「なんだろう？ｗ　やってみたくなったのｗ」

一方的に撫でられ、さらに恥ずかしさが増していく俺だが——。

ただ、不思議と嫌な気持ちはしなかった。

それからしばらくの間、膝枕され続け――。

あぁ、ずっとこのままでいたいなぁ……と、湧き上がる煩悩を振り払った俺は、みらんに声をかけた。

「み、みらん……暗くなってきたし、そろそろ帰ろうか」

「そっか。そうだね」

起き上がった俺は、ベンチに腰掛けるみらんに振り返る。

自分が先ほどまで頭に敷いていた場所を改めて確認して、顔が熱くなった。

「ひ、ひ膝枕……ありがとう。お陰でだいぶ回復したよ」

「よかった♪　また疲れてたら、してあげるよ♪」

「え、いやあのその――」

本気なのか冗談なのか判断がつかず、あたふたしてしまう。

その俺の反応にくすくすと笑うみらんは、ベンチから立ち上がって名残惜しそうに言った。

「なんか、今日一日あっという間だったねー」

「そ、そうだね……！」

もうこれで今日用意していたデートプランは全て終わり。

いろいろと苦労したけど、気付けばあっという間だった気がする。

しかし、改めて振り返ると、オタク語りしちゃったし、最後、公園で寝落ちしちゃったしなぁ。

みらんは今日のデートはどうだったかな？　満足してくれたかな……。

「ど、どうだったかな……」

訊《き》かないつもりでいたのだが、不安のあまり、つい訊ねてしまう。

やっぱりこういうことは訊くべきじゃなかったなと、すぐに後悔する俺の前で、みらんがきょとんと首を傾《かし》げた。

「え？　今日のデートのこと？」

「いや……うん……まあ……」

ぎこちなく頷《うなず》く俺に、みらんはいつもの屈託のない笑みで言ってきた。

「めっちゃ楽しかったよ♪」

「よ、よかった……！」

みらんが気を遣っているような感じはなく、胸の中で安堵《あんど》と歓喜が沸き上がる。

本当によかった……！　睡眠時間を削って考えたかいがあった。

「一生懸命考えてくれてありがとう♪　またデートしようね！」

まるで子供のような笑顔。

純粋で満面の笑みを浮かべて、お礼を言ってくるみらんの姿を見て俺は。

「――――？」

胸が高まると同時に、ふと、既視感があった。

その笑みはなんだか昔にも見たような覚えがある気がしたのだ。

「あたしの顔に何かついてる？」

「い、いや」

思い出せないので思考を振り払った俺は、そのままみらんと公園を出て帰路に就く。

電車までみらんを見送った俺は、疲れているけれど軽い足取りで帰宅。両親への報告もそこそこに、着替えて速攻でベッドにダイブした。

みらんからＲＥＩＮが送られてきたと思えば――。

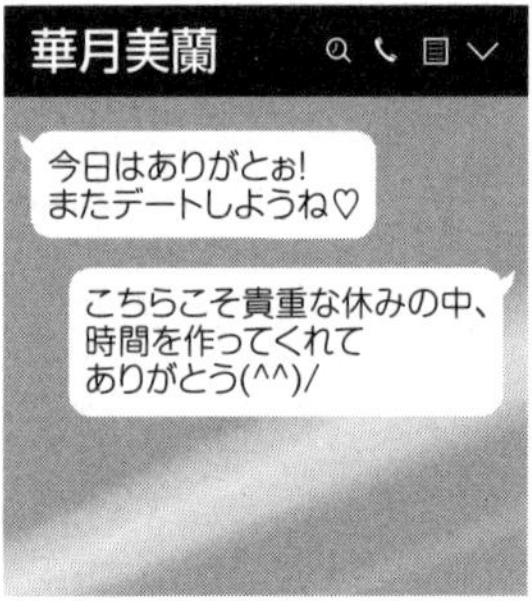
華月美蘭
今日はありがとぉ!
またデートしようね♡
こちらこそ貴重な休みの中、
時間を作ってくれて
ありがとう(^^)/

メッセージを返した俺は、それから改めて今日の感想を送ろうとメッセージを書こうとしたが——疲れと満足感で、寝落ちするようにそのまま爆睡してしまった。

こうして、俺の人生初のデートは幕を閉じたのだった。

＊＊

翌日――。

スマホのアラームで目を覚ました俺は、ぼんやりと昨日のことを思い出す。

みらんとのデート……。

まるで夢を見ていたみたいだと感じる俺だけれど。

ＲＥＩＮの画面には昨日のメッセージがしっかりと残っており、現実だったと再確認。

許嫁《いいなずけ》の挨拶に来た翌日も同じ感覚だったよなと苦笑する俺は、準備をして学校へ登校した。

学校はいつも通りの光景が広がり。

「おはよー」

と、許嫁のギャルもいつも通り元気よく登校してくる。

これまたいつも通りにみらんの周りにはギャル友や陽キャたちが集まるのだが、少しだけいつもと違うことがあった。

「みらん、何それ？」「そんなの付けてたっけ？」

ギャル友たちに質問されるみらんは、通学の鞄《かばん》を持って笑みを浮かべていた。

「いいでしょ、これ？　可愛《かわい》いでしょ！」

みらんの鞄――。

そこには昨日、ゲームセンターで獲《と》った猫のストラップが付いていた。

それに気付いた俺は、自分の心臓の鼓動が速くなるのを感じる。

「――――」

ふと、許嫁のギャルと目が合った俺の心は、こそばゆいような不思議な感覚になった。

こんな経験をしたことがあるだろうか？

リビングに下りると、父さんと母さんが神妙な面持ちでテーブルの席に座っていたことが。そして、深刻そうに話しかけてくるのだ。

「修二《しゅうじ》、話がある。座りなさい」

俺にはある。

もう、これで三回目だ。

「ま、また……？」

すでに見慣れてしまった光景に辟易《へきえき》する。

今回も許嫁の件についての話だろうとはわかるが、一体何を告げられるかがわからず、俺は身震いしながら席に座った。

ことの始まりは、デートを終えてからの俺の悩みである。

＊＊

また俺は悩んでいた。

それはもちろん、許嫁のギャルのことについて――。

今までの俺は、陽キャやギャルという存在に対して偏見だらけだった。

しかし、許嫁の陽キャギャル・華月美蘭《はなつきみらん》はお弁当を作ってきてくれたり、俺のオタク趣味にも引かず興味を示してくれたりする優しい子で……。

まだ許嫁ということへの戸惑いはあるが……みらんともっと仲良くなれたらいいなと思っている。

「とは思うものの……どうしたらいいもんか」

悩みはそれだった。

というか、デートをしてからさらに悩むようになってしまった。

デートは完璧とは言えなかったが、みらんは喜んでくれて、学校にいる時とは違う新たな一面も見えて……。

　そのお陰でみらんと距離感的なものは以前より近くなった気がする……が、それゆえに接し方が以前よりわからなくなっていた。

　というか、みらんを前にすると今までよりも緊張してしまうようになった。やけにドキドキしてしまうというか……。

　なので最近、みらんとあまり上手《うま》くコミュニケーションが取れていない気がする。元々、コミュ症なので変わらないかもしれないが。

「はぁ……」

　俺はどうしてしまったんだろうか……。

　それに、これからどうしていけばいいんだろうか……？

　もっと俺から積極的に接した方がいいのだろうか？　でも積極的ってなんだ？　またデートに誘った方がいいのか？　今度の連休とか……？

「ん～」

　ゲームセンターでみらんと一緒に撮ったプリを机から取り出して、見つめる。

　みらんは、俺との関係をどう思っているんだろうか？

　俺はもっと仲良くなれればいいなと思っているけど、みらんはそう思ってくれているのだろうか？

恋愛マニュアル本やネットでは見つけられない答え……。

本当に、みらんと許嫁になってから考えることが圧倒的に増えてしまった。でも嫌な感じがしないのがこれまた不思議で。

そんな感じで写真を見つめながら悶々《もんもん》と考えていると――。

「それ、この前のデートの写真？」

背後から突如声をかけられて、文字通り俺は飛び上がった。

「うぅわあっ、ちょ、ちょっと！」

慌てて写真をしまう俺は、背後を睨《にら》む。やはり、母さんだった。

「ノックしたわよ？」

先回りして言われたが、疑わしい。

ドアにカギを付けるべきか本気で検討する必要があるな！

なんて考えていると、母さんは真面目な顔で俺に階下に下りるように促してきた。

「修二、来なさい」

「それって……まさか」

めちゃくちゃ既視感ありまくる流れで……。

階段を下りリビングへ向かうと――父さんと母さんが神妙な面持ちでテーブルの席に座っている、見慣れてしまった光景が広がっていたのだった。

「みらんちゃんとは上手く付き合えているか？」

予想していた通りの父さんの問いかけに、俺は内心で嘆息した。

「まあまあ……だよ」

接し方に前よりも悩んでいるが、とりあえず無難に答える。

その俺に、母さんは嘆くようにため息を吐《つ》いた。

「修二のことだから……前より意識しちゃって何もできずにいるんじゃない？　ヘタレだし」

「……ぐっ！」

一言多い気がするけれど、完全に図星を指されて俺は怯《ひる》んでしまう。

「仲が進展しているか向こうの両親も心配していてな……」

腕を組んで難しい顔をする父さんは、母さんと顔を見合わせて俺に告げてきた。

「いろいろと話し合った結果――今度の連休、父さんと母さんは向こうの両親と一緒に、旅行へ行くことに決めたんだ」

父さんと母さんは、向こうの両親と一緒に旅行……？

変な言い回しに首を傾《かし》げる俺は、確認した。

「じゃあ、俺とみらんも一緒に旅行に？」

「いや、修二とみらんちゃんは、ここに残りなさい」

「それってどういう……？」

意味が呑《の》み込めない俺に、母さんが宣言するように言ってきた。


「修二、私たちが旅行へ行っている間——この家でみらんちゃんと二人で生活しなさい」


余計に言葉が呑み込めなかった。

えっと、今、なんて言った……!?

この家でみらんと二人で生活しろ的なことを……言った……よな？

許嫁のことを告げられた時並みの衝撃に襲われる俺は、くらくらしながら再確認した。

「みらんと二人で生活って……!?　ほ、本気で言ってる？」

「本気よ。こんなことでもしないと修二のヘタレは一生治らないと思ったの」

なぜか目を潤ませる母さんに、父さんもうんうんと頷《うなず》いて言った。

「成長のためには、どんどんステップアップしてかないといけないからな」

俺はいやいやいやいやと首を振った。

「いや、どんなステップだよ……！　もうぶっ飛んでるじゃん……！」

この前、人生初のデートをしたばかりだというのに、いろんなものをすっ飛ばしている。思春期の男女が同じ家で生活するなんて、漫画やアニメみたいな展開だ。荒療治もいいところだ。

「それに、も、もし何かあったらどうするんだよ！」

「何かって、なに？」

「いやそれは……」

言葉を濁す俺に、母さんと父さんは安心しきった顔で言ってきた。

「そこは安心しているわ。修二だし」

喜んでいいのかわからない信頼である。

「手ぐらいは繋《つな》ぎなさいよ」

「手って……」

そのまま家族会議は終了。

旅行は冗談であることを期待したが、本当に本気だったらしく――。

連休の初日の早朝に、俺の両親はみらんの両親とマジで旅行へ行ってしまった。

両親を見送ってから、その日――俺は家の中でずっとドキドキしていた。

居ても立ってもいられず、すでに何度も掃除した自室を念入りにまた掃除する。

部屋のオタクグッズで引かれそうなものはできる限り隠したし、ちょっとオシャレなインテリアグッズも軽く飾ってみた。

リビングやキッチンやトイレや風呂など、家のいたるところを改めて掃除して回った。

こんなに掃除したことは今まで一度もない。年末の大掃除よりも掃除している気がする。

ただ、数日前から事前に掃除していたので、すぐにやることがなくなってしまった。

「………」

この家でみらんとしばらく一緒に暮らすのか……。

綺麗《きれい》になった家の中で想像を巡らせるが、未体験すぎてイメージが追い付いてこない。

ただ漠然と緊張が膨らむだけだった。

そんなドキドキの中、リビングで一人、時計を見ていると——。

ピンポーン!

と、インターホンが鳴り、俺の心臓は跳ね上がった。

「は、はーい……!」

磨きすぎたフローリングに足を滑らせながら、玄関へ向かう。

玄関扉を開けると、陽光が差し込み、それに照らされた華やかなギャルが姿を現した。

「やっほー」

俺を見て軽い挨拶をしてくるみらん。

大きなバッグを持った許嫁《いいなずけ》のギャルは、少しそわそわした様子だった。

「ど、どうも……！」

それに対して、ぎこちない返事をする俺。

少しの間、沈黙が流れ――。

「えっと……あの……」

どうしたらいいのかあたふたしていると、みらんが顔を赤らめて微笑《ほほえ》んできた。

「今日からよろしくね、修二《しゅうじ》……」

「ヨ、ヨロシク」

ガチガチに緊張してしまう。

みらんも緊張しているのか、いつもより顔が赤い気がした。

そうして……連休の間の俺とみらんの二人っきりの生活が始まった。

＊＊

みらんにざっくり家の案内をして回る。

リビング、キッチン、トイレやお風呂場など一階を案内し終え、二階に上がった時だった。

「修二の部屋って、どこなの？ｗ」

「い、いや……それは……」

突然訊《たず》ねられて目が泳ぐ俺。

くすくすと笑うみらんは、ピンポイントで俺の部屋のドアに歩み寄った。

「ここ？」

「えっと……まあそうだけど……」

なんで一発でわかったんだろうと思っていると、ニッとみらんが笑った。

「明らかに見ちゃってるもんｗ　わかりやす過ぎｗ」

マジで……今度から気を付けよう……。

切り替えて、みらんが寝泊まりする客間へ案内しようとするが、許嫁のギャルは俺の部屋の前から動かなかった。

「ねぇねぇ、入っていい？」

「え!?」

同居する中で俺の部屋に入ってくることはあるかもしれないと予想はしていたけど、あまりにも早すぎてギョッとしてしまう。

「だめ？」

頬を赤く染めたみらんに上目遣いで訊ねられ——。

ちゃんと部屋片づけてあるよな……大丈夫だよな……!?

頭の中で振り返る俺は、コクコクと頷いた。

「い、いいけど……めっちゃ汚いよ」

ちゃんと保険をかけておくことも忘れない。

「汚くても平気平気！」

興味津々と頷くみらんに、俺はドアの前に行き一度念のため中をチラッと確認してから開けた。

「全然、綺麗じゃん！　おじゃましまーす♪」

ルンルンで部屋に入ってくるみらんは、物珍しそうに部屋を見て回る。

「………」

初めて自分の部屋に女子が入ってきたわけで……。

自分のテリトリーに、華やかなギャルがいることに違和感ばりばりで、同時にドキドキしてしまう。

ホント、片づけておいて、マジでよかった……！

「修二は普段はここで寝てるんだねー」

と呟《つぶや》くみらんは、見栄《みえ》を張って飾ったオシャレなインテリアグッズを見つめ首を傾げてきた。

「これって本当に修二の趣味なの？w　もっとアニメのグッズとかがいっぱいあると思ってた」

このギャル、鋭い……！

ちなみにオタクグッズはクローゼットや、引き出しに隠してある。

「あ、絶対、隠してるでしょー！　隠さなくていいのに！w」

先ほどと同じく、隠し場所へ目を向けてしまいそうになる俺は、慌ててみらんに言った。

「まぁまぁ、俺の部屋はいいから、行こう行こう！　みらんが使う部屋に案内するから！」

部屋から追い立てる俺に、みらんがぼそっと呟いた。

「そっか、一緒には寝ないんだよね」

「い、い一緒トカ、だダメでしょ……！」

かちんこちんに緊張する俺に、みらんがクスクスと笑った。

冗談だとわかっているのに、反応してしまう俺がツライ……！

みらんに家を案内し終え――。

「………」

今はリビングに二人でいるのだが、先ほどと打って変わって沈黙が続いていた。

「………」

いつもだったらみらんの方から話しかけてきそうだが、やはり向こうも緊張しているのか、それとも何か考え事をしているのか、大人しかった。

そうなると、何を話せばいいのかわからないし、何をしたらいいのかもわからない！

家で過ごすことにかけては誰にも負けないキングオブインドアの俺だが、今はむしろここが家だからこそ何をどうしていいのかわからなかった。

「………」

それからしばらく静かな時間が続くが――。

不意に、ぐ～と、俺の腹が鳴った。

そういえば朝から何も食べてなかった……！

とりあえず腹の虫を黙らせようとすると、みらんが気合を入れるように立ち上がった。

「今から料理作るね！」

「えっと……俺も何か手伝うよ」

「大丈夫！　修二はそこで待っててー」

そうは言われても何もしないと居心地が悪すぎるので、とりあえずみらんを追ってキッチンの様子を窺《うかが》う。

キッチンに立つみらんは、手早く道具や食材を確認し、料理をし始めるのだが。

「凄《すご》い……」

みらんの料理する姿を初めて見たが、想像以上に手慣れていて俺はその姿に見入ってしまった。本当にやることがなさそうだ……！

俺にできることはと言えば、みらんの邪魔にならないように食器を出して並べるぐらいだった。


「お待たせー！」

「うわぁ、美味《おい》しそう……！」

あっという間に料理は出来上がり、食卓にはお味噌汁《みそしる》付きのしっかりとした朝食が広がっていた。

「みらん、凄いね……！」

「褒められると照れちゃうかも」

お世辞なく称賛する俺に、恥ずかしそうな笑みを浮かべるみらん。

「いただきます」

それから手を合わせて食べ始めるのだが、見た目通りの美味しさが口いっぱいに広がった。

「めちゃくちゃ美味しいよ……！」

俺の感想を聞いたみらんは、ホッと胸を撫《な》で下ろした。

「よかったー。この日のために練習してきたんだ」

「この日のために……!?」

「お弁当もそうだけど、修二に美味しい手料理食べてほしかったから……」

「あ、ありがとう……」

その言葉にドキリとする俺は、胸の鼓動を紛らわすように食事を続けていく。

……あれ？

ふと、みらんの手元を見ると、ほとんど食べずに手が止まっていることに気付いて首を傾《かし》げた。

「みらんは食べないの？」

「うん……あまりお腹空《なかす》いてなくて、修二が食べてる姿見てる」

「な、なんか照れ臭いね……わざわざ俺のためにありがとう……」

頭を掻《か》く俺は、改めてみらんにお礼を言った。

みらんに見つめられる中、朝食を食べ終え――皿洗いは俺がした。


しかし、これから一体何をしようか……？

皿洗いを終え、手持無沙汰になる俺は、リビングのソファに座るみらんを見て頭を捻《ひね》る。

出かけた方がいいのか……？

それとも家で何か映画とか？

どうしたらいいか悩んでいると、みらんが振り返って訊ねてきた。

「そういえばさ、デートの時に教えてくれたアニメって観《み》れる？」

「え、ああ、うん。観られるけど」

動画配信系のアプリにも入っているし、なんなら、お年玉で買ったＢＤＢＯＸなどいろいろと持っていた。

「よかったら観せてくれない？」

「い、いいの……？」

オタクにとって好きな作品を布教することはまったく苦ではない。むしろご褒美だ。

いいの？　と尋ねたのは、陽キャギャルにとって退屈じゃないかを問いかけるものだった。

「修二《しゅうじ》が好きな作品なんだよね？　めっちゃ観たい！　あ、でも修二からしたら一度観たやつだから退屈だよね……」

「いや、そんなことないよ。用意するね」

オタクは好きな作品なら何度でも観られるし楽しめるので、全くの杞憂《きゆう》だ。

せっかく観るなら、アプリじゃなくて、特典映像が入っているＢＤの方が良いよな……。

素早く思考する俺は、足早で自室に隠していたＢＤＢＯＸを取りに戻る。リビングに戻ってきた俺は、テレビの再生機器にＢＤを投入した。

「うわぁー！　絵が綺麗《きれい》！」

歓声を上げるみらんを見て、俺もなんだかわくわくしてしまう。

それから昼は許嫁《いいなずけ》のギャルと一緒にアニメを鑑賞した。


俺は延々と観られるが、初心者にアニメを一気見させるのは禁物。

「お茶淹《い》れてくるよ」

「ありがとう！」

区切りの良いところで一度ブレイクを挟んだ俺は、紅茶（パック）を淹れて、みらんに出した。

紅茶を飲みながら、アニメの感想、学校や、最近の流行《はや》っているアプリ、いろんな話に花が咲いた。とはいっても、基本俺は聞く側だけど。

「それでさー、花子《はなこ》が彼氏と喧嘩《けんか》しちゃって——」

「大変だ……」

「でも三日後には仲直りしてて、阿月《あづき》と笑っちゃった」

みらんのギャル友の話に耳を傾ける俺は、紅茶をすする。

カップの紅茶に映る自分の顔が、自身で思っているよりも口元が笑っていて驚いた。

みらんは楽しそうに喋《しゃべ》っていて、なんだか居心地がいいなと感じる。

最初に抱いていた緊張はすでに薄れていた。

＊＊

そうして緊張は完全に収まった——と思っていたが。

夜になり俺の心臓を爆発させる出来事が発生する。

きっかけは許嫁のギャルが放った一言だった。

一緒に観ていたバラエティ番組が終わり、みらんは大きく伸びをした。

「そろそろお風呂入ろっかなー」

ああもうそんな時間か……。

と受け流しかけたが、ある単語が脳に思いっきり引っ掛かった。

お風呂……!?

そうだった。この家で、みらんはお風呂に入るんだよな……。

煩悩が湯気のようにもわもわと立ち上り、慌てて振り払うように首を振る。

「オ風呂沸カシテクルヨ」

意識しすぎてなんか片言になってしまった。

何事もなかったようにお風呂場へ向かおうとして、みらんがこんな言葉を投げかけてきた。

「修二も一緒に入る？」

「え――!?」

ガチンと硬直する俺に、陽キャギャルはくすくす笑った。

「なんちゃって。冗談だよー！」

「アハハハ、もちろん、そんなのわかってるさ」

とりあえず、俺も笑っておく。

「それとも本当に一緒に入る……？」

上目遣いで問いかけてくるみらん。

顔を赤らめるみらんに、俺の心臓がバグりかけるが、今度は毅然《きぜん》と振る舞った。

「ま、またまた、ご冗談を。お風呂沸かしてくるね」

リビングを後にする俺は、足をがくがく震わせながらお風呂を沸かしに向かった。

それから少ししてお風呂が沸き――。

「………」

俺は今、猛烈で強烈に緊張していた。

理由は、耳に届く水の音と、かすかに聞こえる鼻歌。

「今、みらんがお風呂に入っている――」

まさに今、みらんは入浴中なのだが、耳にお風呂場からの音が届くたびに、俺の煩悩がかき乱されて仕方なかった。

テレビを流したり、違う音で紛らわそうとするのだが、こういう時に限って聴覚が鋭敏で音を拾ってしまう。

シャワーの音が聞こえ始めて、ついに脳裏にみらんの入浴中の姿が浮かびそうになったので俺は頭を大きく振りかぶってある数字を唱えることにした。

「3・1415926535……8979323846……2643383279……」

円周率！　煩悩を振り払うため、スマホで円周率を調べて必死に頭に叩《たた》き込んでいた。

これが結構効果的で、しばらくの間は雑念を払えていた。しかし、円周率にはこの世の全ての数列が含まれている、という昔テレビで知った説を思い出してしまって——それなら、みらんのスリーサイズとかもこの中に含まれているのか？　なんて思った瞬間にはまた煩悩まみれに戻ってしまった。

そんな悪戦苦闘を繰り返して幾星霜《いくせいそう》。

「修二、お風呂上がったよー」

お風呂上がりのみらんがリビングに戻ってきた。

ほかほかのみらんの姿に俺は目を奪われてしまう。

今まで制服姿と、よそ行きの私服姿しか見たことがなかったけれど……風呂上がりのみらんは無防備さを感じさせる部屋着姿だったから。

「部屋着、新しく買ったんだけど、どうかな？」

「か、可愛《かわい》い……と思う」

「ありがとう♪」

肌がはだけているわけではないけど、身体《からだ》のラインが服越しにしっかりと出ているので、俺は恥ずかしくなって、つい下を向いてしまう。

「今日は疲れちゃったから、あたし先に寝るね」

「お、おやすみ。俺もお風呂入ったら寝るよ」

挨拶して、お風呂へ向かう俺だが――。

ここにみらんが入っていたのか……と、お風呂場を見て考えると、また煩悩が暴れ始めるので必死に考えないようにした。こんなにドキドキする入浴は人生で初めてだ……！

長くはいられず、すぐに風呂から上がった俺は自室へ戻る。

もちろん、みらんとは別々の部屋。

自分のベッドに横になる俺は――同じ屋根の下で女の子が寝ていることを考えると、またさらにドキドキしてしまい寝ることができなかった。

＊＊

そんなドキドキでぎこちない共同生活は二日目に突入。

あまり寝ることができなかった俺は、早々に起き、洗面所で身だしなみを整えて、リビングで心を落ち着かせていた。

一日経《た》ったが、この家にみらんが寝泊まりしていることがまだ不思議でたまらない。

今日は何をしようかと夢想していると、階段を下りる足音が聞こえてくる。

みらんがリビングを覗《のぞ》いてきたかと思えば、起きている俺に驚いた様子で挨拶してきた。

「おはよう……！　修二、起きるの早いね！」

「お、おはよう、たまたま早く起きちゃって」

緊張してあまり寝れなかったとは恥ずかしくて言えない。

頭を掻《か》く俺は、ついみらんの姿を見つめてしまう。

少しふわついた髪と、緩んだ部屋着――。

いつも見た目をばっちりキメている姿を見ているので、寝起きの少しラフな姿は新鮮に映った。

「ちょっと、寝起きだからあまりじろじろ見ないで……！」

「ご、ごめん……！」

照れるように顔を覆ってリビングから身を隠すみらんは、そのまま洗面所に走っていく。

しばらくして戻って来たかと思えば、みらんはいつも通りのオシャレギャルになっていた。

「朝ごはん作るねー」

と、手早く朝食を作ってくれるみらん。

出来上がった朝食は見た目も良く、とても美味《おい》しいが……しかし、作った本人は昨日と同様にあまり食べておらず少し気になった。

「みらん、大丈夫？」

「全然、大丈夫！　いまダイエット中で……！」

元気に手を振るみらんは、俺に訊《たず》ねてきた。

「ところでさ、今日は何するー？」

「ど、どうしようか？　何かしたいこと、ある……？」

「うーん、昨日のアニメの続き観《み》たいかも」

「う、うん、いいね」

と頷《うなず》く俺だけれど、みらんはアウトドアなイメージがあったので意外に思う。

しかしオタクの俺からするとテンションが上がる内容だったので、昨日に引き続き、アニメ鑑賞会を始めた。

軽い昼食を挟みアニメは全部観終え、その後、感想を話し合ったり、みらんのギャル友の話を聞いたりしていると、気付けば夕方で。

食材を買い出しに近くのスーパーへ、みらんと一緒に行った時のことだった。

「なんだかこうしていると本当の夫婦みたいだね……」

お互いにスーパーの袋を片手に提げて帰っていると、みらんがクスクスと笑いながら呟《つぶや》いてきた。みらんの顔が赤いのは、照れているのか、夕陽《ゆうひ》のせいなのか。

その言葉はとてもこそばゆくて、改めて今の自分の状況を思い返す俺は、なんて返答しようか迷って……そのまま頷いた。

「そ、そうだね……」

陽キャギャルと、陰キャオタク。

絶対に交わることがないと思っていたが、まさかの「許嫁《いいなずけ》」ということで、戸惑いながらお付き合いすることになり……。でも、気付けば、みらんと一緒にいるのは心地よいと感じる自分がいて——。

「…………」

俺はみらんのことが好きなのかな……?

今まで三次元の存在を本気で好きになったことがなかったので、自分の感情がよくわからない。

それでも、もっと仲良くなりたいなという想《おも》いは強くて。

「――――」

みらんの空いた手が目に留まる。

手を繋《つな》いだら何かわかるだろうか？

「どうしたの？」

「いやなんでも！」

俺に手を繋ぐ度胸はなかった！　ここで繋げる度胸があるなら万年ボッチはやってない。

みらんへの今の気持ちと、自分のヘタレさを再認識したところで、俺は、別のあることも気になっていた。


――みらんの食欲がない気がする。


昨日からそうだったけど、みらんはご飯を少ししか口にしていなかった。

それにこの後の夕飯も――。

買い出しに行ったので食卓にはこれまた豪華な夕飯が並んだ。

しかし、作った本人はまたも少ししか食べなかった。

「みらん、あまり食べてないけど、本当に大丈夫……？」

「うん。もうお腹《なか》いっぱいになっちゃった」

ニコリと微笑《ほほえ》むみらん。

顔が赤い気がするが、みらんは食事以外はいつも通りに振る舞うので……俺は、それに気付けなかった。

＊＊

次の日の朝だった――。

「みらん？」

部屋のドアをノックする。

みらんは一向に起きてこなくて、心配になり様子を見に来たのだが……。

「みらん、起きてる？　開けるよ――？」

しかし、呼びかけても返事はなくて。

おそるおそる開けて部屋を覗き込む俺は、ベッドに横になるみらんを見てハッとした。

「み、みらん――!?」

「はぁはぁ……」

苦しそうに荒く息をする、みらん。

慌てて駆け寄る俺に、みらんは申し訳なさそうな、か細い声を出した。

「はぁはぁ……修二《しゆうじ》……ごめん……」

「みらん、ちょっと触るよ」

みらんの顔は赤くて、額に触れる。

「熱っ――！　すごい熱が出てる！」

体温計で測るまでもない高熱だった。

ど、どうしよう!?

パニックになりかける俺だが、苦しそうな許嫁の姿を見て――自分の両頬を叩いて無理やりに心を落ち着けた。

しっかりしろ、俺……！　親はいないし、俺がなんとかしないといけないんだ。

冷静に考える俺は、それから急いでタクシーを呼び、みらんを病院へ連れていった。

――。

薬を貰《もら》い、みらんを連れて帰りベッドに寝かした俺は、そのまま両親たちに連絡を入れ
診断は風邪。

「何やってるんだろうな……俺は……一人だけ舞い上がって……」

己の鈍感さに、自分を殴りたい気分になった。

みらんの体調が悪いことに気付くチャンスは一杯あったのに……。明らかに食欲がなかったし、いつもに比べて活動的じゃなかった気がするし、顔も赤かった気がする。

結局、こうなるまで気付けなかった。気付いてあげられなかった。

「…………」

許嫁失格な気がする……。

落ち込む俺だが、ずっとそうしているわけにはいかない。

みらんの看病をしないといけないんだ。俺が――。

「みらん、おかゆ作ってきたよ。ちょっとでも食べて薬飲もう」

ネットで作り方を調べたおかゆを持って、みらんの部屋に訪れる。

しんどそうに横になっているみらんは、再び申し訳なさそうに言ってきた。

「……ごめん、修二……」

「謝る必要なんてないよ。むしろ俺の方こそ気付けなくてごめん」

「修二と一緒に生活するの……楽しみにしてたのに……こんな感じになっちゃった……」

熱で苦しむみらんは、しょんぼりとしていて……。

その言葉が嬉《うれ》しいやら、申し訳ないやら、いろんな感情が湧き出てくる俺は、みらんの近く、ベッドの端に腰かけた。

「ほら、みらん。食べられる？　あーん」

昔の俺だったら、こんなことしなかっただろうな……。

なんて恥ずかしく思いながらも、おかゆをスプーンですくってみらんの口元へ持っていく。

「しゅ、修二……？」

目を丸くするみらんだが、俺がずっと差し出しているので、照れながらも「……あ、あーん」と食べた。

それからおかゆを食べさせてあげる俺は、決意するように言った。

「親たち、まだ帰ってこられないらしいから、それまで俺がしっかりみらんの面倒を見るからね。安心して」

「修二……」

申し訳なさそうな表情を浮かべるみらんに、俺は微笑んで言った。

「気にしないで。俺もちょっとは……許嫁らしいことしないとね」

そんなきざっぽい言葉を口にしたはいいものの、なんだか恥ずかしくなって、その時のみらんの顔は見られなかった。

それから——みらんにご飯を食べさせ、薬を飲ませ、氷枕を取り替える。

俺ができる範囲のことは全てやるつもりだった。

「汗拭きたい……」

そんな中、みらんがぼそっと言ってくる。確かにだいぶ汗をかいているみたいで、俺は慌ててタオルを取りに行く。

「タオル持ってきたよ」

「あり、がとう……」

みらんに渡すが上体を起こすのも辛《つら》そうで、自分では上手《うま》く拭けていなかった。

「俺が——」

拭いてあげようか？　と口にしかけて急ブレーキをかける。

みらんのパジャマは汗で濡《ぬ》れて肌にくっ付き、ボディラインがあらわになっていた。それに気付いた俺の目が泳ぎまくる。

弱っている相手に不謹慎だ！　と思いながらも、どうしてもみらんの汗ばんだ身体《からだ》を意識してしまう。

邪《よこしま》な心はなく、純粋に汗を拭いてあげたいと思うが、申し出ることが躊躇《ためら》われた。

汗を拭くのは、俺のできる範囲の外だな……。

と、一度結論付けるが――辛そうなみらんの姿に、つい言ってしまった。

「やっぱり、俺が拭いてあげるよ」

「ごめん……ありがとう」

タオルをみらんから受け取る。

やるからには真面目に……！

心頭滅却する俺は、まず額を、次に顔周りを拭いてあげる。首元に移って――上気する柔肌に心臓が爆音を刻み始めるが、必死に無視する。

身体はさすがにアレだし、これでいいかな……と手を引きかけると、みらんが言った。

「前は大丈夫だから……背中だけ、お願いしていい……？」

「せ、背中……!?」

ぽかんとする俺。

みらんは朦朧《もうろう》とした様子で、俺に背を向けたかと思えば――緩慢な動作でパジャマの上着を脱ぎ始めた。

「――――!?」

あらわになるみらんの背中に、俺の顔が火を噴きそうになる。

普段見ることのない艶っぽい肩や腰のくびれ。背筋のくぼみが伸びる、汗ばんだ白い肌はとても色っぽくて――。

こ、こここの背中を今から拭くのか……!?

視線がさ迷い、思考回路がバグってあわあわと立ち尽くす俺だったが――。

「クシュンッ」

くしゃみをするみらんに、理性が引き戻された。

冷えたらいけないから、早く拭かなきゃ……!

めまいがする想いでみらんの背中にタオルを当てて拭いていく。タオル越しに感じる許嫁《いいなずけ》の女の子の背中は、熱くて、思ったよりも華奢《きゃしゃ》で。

依然、俺の心臓はドキドキしているが……みらんが熱で弱っているのがタオル越しに伝わり心が痛んだ。

「じゃ……じゃあ、着替え置いておくから。な、何かあったら呼んで」

「ありがとう……修二……」

背中を拭き終わり、大きく視線を外す俺は、みらんにタオルをバトンタッチ。

今の状況でこれ以上ここにいると理性が熱暴走しそうなので、一度退室した。

それから、その日はみらんの看病に徹し——気付けばすっかり夜になっていた。

「そろそろ部屋に戻るね……」

「……待って、修二」

部屋に戻ろうとして、みらんに呼び止められた。

「ど、どうしたの？」

振り返る俺に、みらんはまるで子供がねだるように言ってきた。

「心細くて……寝るまで一緒にいてほしい……」

「わかった」

不謹慎だけど、その姿がとても可愛《かわい》くて、俺は苦笑しながらベッドの端に腰かける。

「…………」

しかし、寝るまで何かしてあげた方がいいのかな……？

なんて思考を巡らせていると、みらんがお願いしてきた。

「ねぇ……修二の一番好きなアニメの話、してくれない？」

「そ、そんなの聞いても面白くないでしょ」

「あたし……好きなことを話してる修二を見るのが……好きなの」

「え、そ、そうなの……!?　えっと、それじゃあ——」

まあ、そういうことなら……と、みらんが寝るのを邪魔しないように俺は静かにアニメの話と、その考察を語り始める――。

「……――だからやっぱりあの世界は周回していると思うわけなんだけど……みらん？　寝た？」

つい夢中になって語り続けていたのだけど、気付けばみらんは眠りに落ちていた。

「はぁ……はぁ……」

それでも、ベッドで眠るみらんの呼吸は荒くて。

その苦しそうな姿に俺は――。

「早く元気になれ……」

みらんの手をそっと握った。

熱のこもった許嫁の手は思ったよりも、小さくて……。

早く元気になるように念じながら、俺はみらんの手を握り続け――。

＊＊

「――はっ！」

やべ、寝落ちした！

あのまま寝てしまったことを瞬時に理解して、ハッと顔を上げると朝の光が目に差し込んだ。

「修二《しゅうじ》、おはよう」

目を細める俺の視界に、上体を起こして微笑《ほほえ》んでいるみらんが映った。

よかった……だいぶ良くなったみたいだ……！

「おはよう――てっ！」

安堵《あんど》しかけて俺は、自分の手の感覚に遅れて気付く。

少し熱っぽくて、ほっそりとしたものをずっと握り締めていて――見ると、それは許嫁のギャルの手で。

寝落ちする前の記憶を思い出して俺は慌てた。

「ご、ごごめんっ!!」

慌てて手を離そうとして、しかし、ぎゅっと握られた。

「このままで大丈夫だよ」

俺の手を握るみらんは、感慨深げに呟《つぶや》いた。

「修二の手って……柔らかくて、思っていたよりも大きいんだね」

ドキリと心臓が跳ねる。

みらんにぎゅっと握られて、改めて許嫁の手の感覚が俺の掌《てのひら》に広がる。

俺の手、汗大丈夫かな……!?

とか考えてしまうのは俺の悪い癖だ。

「み、みらんの手こそ、柔らかいし……それにほっそりしてる」

感想を返す俺だが、恥ずかしくなって俯《うつむ》いてしまう。

その俺に、みらんは嬉しそうにお礼を言ってきた。

「昨日は看病してくれてありがとう」

「元気になってよかった……」

みらんが元気になったことが嬉しくて、俺は手を握り返した。

「しばらくこのまま繋《つな》いでいていい？」

みらんが嬉しそうに訊《たず》ねてくるので、俺は照れながらも頷《うなず》く。

それからしばらく……俺たちは手を繋ぎ続けた。

＊＊

みらんが熱を出したことで、両親たちは旅行を切り上げて帰ってくることになった。

それはつまり、同居生活の終わりということで。

その知らせを聞いたみらんは、どこか不服そうだった。

「最後に一緒にお出かけしたたい」

ベッドの上で言ってくるみらんに、俺は嘆息した。

「病み上がりだからダメだよ……」

「お出かけしたい……ちょっとでいいから」

子供みたいにしょんぼりするみらん。

これが学校で人気のギャル……。

普段のカーストトップの姿とはまるで別人で、俺はつい笑ってしまう。

「なんで笑うの？」

「いや……なんでも」

「ねぇ、ダメかな、修二？」

上目遣いで見てくる、みらん。

そのつぶらな瞳に見つめられて……俺は小さく嘆息した。

「まあ、近くを散歩するぐらいなら……」

「やったー！」

ベッドから起き上がるみらんだが、ふらついて転びそうになり、俺は慌てて身体《からだ》を支えた。

「やっぱりまだダメだね。今度にしよう」


「じゃあ……おんぶして」


耳元でささやかれて俺は、慌てた。

「お、おんぶ!?　そこまでして外に出かけたい!?」

インドアの俺には思いもしないことだ。

「ごめん……冗談。我慢するね」

しょんぼりとベッドに戻るみらん。

確かに買い物と病院以外では外に出なかったからな……。

最後にみらんの希望を叶《かな》えてあげたいなと思う俺は、恥ずかしい気持ちを抑えて言った。

「おんぶ、してあげるよ」

身体が冷えないように厚着をしたみらんを背負って、俺は家の周辺を散歩していた。

周りからどう見られているだろうか……？

という考えを抱く暇は、今の俺にはなかった。

なぜなら、背中越しにみらんの柔らかいものが当たるし、手と腕には太ももの感覚があるしで、俺は胸中で円周率を数えることに必死だった。

「修二って結構、身長高いんだね」

「普段……猫背だからね」

間近で聞こえるみらんの声にくすぐったく思いながら、明るく照らす太陽の下、歩いていく。

みらんを背負っているからなのか……。

キングオブインドアの俺でも、外に出るのも悪くないもんだと感じた。

家の周辺を大きく一周して、背中のみらんに問いかける。

「どう、満足した？」

「うん満足！」

短い散歩ではあったけれど、家に戻った後、みらんはご機嫌だった。

「ありがとう♪　修二って本当に昔から優しいね」

「昔から？」

気になったが、みらんは丁度服を着替えに行ってしまい訊《き》きそびれてしまった。

高校一年の時からってことかな？

わざわざ訊きに行く必要はないかと自己解決する俺は、みらんが薬を飲むための軽い食事を作りにキッチンへ向かった。

その日の夕方に両親たちは旅行から帰ってきて、俺とみらんの短い同居生活は終わった。

みらんの体調は連休の間で無事に治ったみたいで、学校ではいつも通りギャル友たちと元気に過ごしていた。

その姿を見ていると、なんだか一緒に家で生活した出来事は夢だったように感じる。

だけど、みらんと握り合った手の感覚は覚えていて。

「――――」

ふと、教室の中でみらんと目が合う。

微笑んでくる許嫁《いいなずけ》のギャルに、俺はふわふわとした気持ちになった。

以前にも増して、学校でみらんとよく目が合うようになり――。

今回の同居生活は刺激的すぎて大変だったけれど……。
今までよりも、みらんと仲良くなれた気がした。

料理上手の秘訣
トン トン
トン トン
ジュー…
どうしてそんなに料理が上手いの？
えへへ
修二に食べてもらいたいと思って…
ずっと練習してたんだ
ドキッ

俺は最近、また、新しい悩みを抱えていた。

その悩みはもちろん、許嫁の華月美蘭《はなつきみらん》関連のことである。

男女問わず人気で美人な陽キャギャルは、甘い物が大好きで、オシャレ好きで、健気《けなげ》で優しくて、猫派で、意外に子供っぽかったり――。

許嫁としてデートやプチ同居をする中で、俺は華月美蘭のいろんな顔を知ることができた。俺のことも理解して知ってくれた。

「…………」

気付けば俺は、そんなみらんのことを本気で大事に思うようになっていて――。

そのせいなんだろうか……？

「美蘭ちゃんたちいいよな～」

「遊び慣れてそうだもんなぁ」

「オレ、美蘭ちゃん狙っちゃおうかな」

「なんか、バスケ部のシゲ先輩が狙ってるらしいぜ」

「マジかよ！　それじゃ勝てないわ！」

休み時間。教室で聞こえる、そんなしょうもない陽キャ男子たちの会話。

昔はそこまで気にならなかったのに――。

「ムカつくな……」

最近、無性にイラッとするようになってしまった。

「みらんのこと……軽く見すぎだろ……」

いつものように机に突っ伏して寝たふりをしているので、俺の呟きは誰にも聞かれないが、誰かの呟きは俺の耳に入ってくる。

「…………」

本当に最近、みらんに関しての話題や会話がよく聞こえるようになってしまった。いや、聞こえるというより、俺が意識してしまうようになったという方が適切か。

許嫁の陽キャギャルは、華やかで美人で男子からの人気が非常に高いので、「彼女にしたい」やら「遊びたい」やら、そういう話題は昔からよく耳にしていたが……最近はそういう話題が出るたびに過度に意識してしまう。

そして決まって、腹立たしい感情が沸き上がってきた。

「…………」

それだけならまだいい。気持ちを抑えることができる。

しかし――最近、もう一つの感情が顔を出してきて俺を苦しめていた。

それは教室の中心。

人気者のギャルを筆頭としたギャルグループと、イケてる陽キャ男子たちのグループの和気あいあいとした会話。

「これ面白いだろｗ」「みらんちゃん、これ見てみてｗ」

「あはは、何それウケるｗ」

みらんが陽キャ男子たちと楽しそうに喋《しゃべ》る姿――。

「…………」

その光景を見るたびに……。

楽しそうにしている会話が耳に入るたびに……俺の中でじりじりと焼けるような昏《くら》い感情が沸き上がってきた。

この感情は何なんだろう……。

最初はわからなくて戸惑ったが、最近ようやくその感情の名前がわかった。

おそらく、この感情は『嫉妬』なんだと思う。

みらんが他の男子と楽しそうに喋っていると、悔しいような焦るような、どうしようもない感情の炎に胸が焦げた。

「俺……気持ち悪いな……」

最近の悩みとは、まさにそれだった。

今までそんなに抱くことのなかった感情が、強く大きく顔を出してきて……俺はその扱いに非常に困っていた。

「みらんは、人気だからな……」

寝たふりをしながら改めて観察していたが、みらんとギャル友のグループは休み時間のたびにクラスの男子からも、他クラスの男子からも、それから学年の違う男子からも声をかけられていた。そのうち何人が、みらん目当てなのかは視線や態度を見ればなんとなくわかる。半数以上がそうだった。

「もういっそのこと……」

――許嫁なんだとみんなに伝えてしまおうか。

なんて思いも抱くが、その後のことを考えると、そこまで突き進めない弱気な自分もいたりなんかして……。

「はぁ……」

俺がイケてる陽キャ男子だったら、こんなことで悩まなくて済むのかな？

そもそも許嫁だと周りに言えないでいるのは、俺がみんなから下に見られる冴《さ》えない陰キャだからで……。

それを思うと、最近よく考えることがあった。

それは――。


俺みたいな陰キャよりも……。

華月美蘭には、もっとふさわしい人がいるんじゃないか？


というものだった。

みらんは、許嫁だから俺と付き合ってくれているし、理解しようと触れ合ってくれているけれど……。

元はと言えば、許嫁は、親同士が勝手に決めたもので。

美人でギャルで性格も良いみらんなら、本来なら俺よりももっと良い男を選ぶ選択肢はあったはず。それを「許嫁」によって、消してしまっているのは申し訳ないと思った。

「はぁ……俺って面倒臭い奴《やつ》だな……」

なんていう——うじうじとした嫉妬と劣等感に、最近俺は苦しんでいたわけだ。
どうしたらいいもんか……。いやホント……。

＊＊

「なぁなぁ！　今度の休みなんだけどさ！w」

むくむくと成長していく嫉妬と劣等感との狭間《はざま》で悩む、休み時間のことだった。

やたらとテンションの高いクラスの陽キャ男子が、みらんたちに声をかける。

「みんなでバーベキュー行かない？w　シゲ先輩に誘われててさー」

寝たふりをして聞いていた俺は、若干鼻で笑ってしまった。

出た出た……ＢＢＱ。

陽キャの代名詞と言っても過言ではないイベントだ。

ちなみに俺はあれの良さが全くわからない。

不衛生だし、灰は舞うし、虫も飛んでるし、よく外で食べようと思うよな。

「いいじゃん、バーベキュー！」「他は誰が来るのー？w」

みらんといつも一緒にいるギャル友の花子《はなこ》さんと、阿月《あづき》さんは乗り気みたいだ。

そうなってくると、今度はピンポイントでみらんが訊《たず》ねられていた。

「みらんちゃんはどうかな？ｗ」

「バーベキューかー。行きたいけど、ん〜」

何かを悩んでいる様子のみらん。

嫉妬の炎が再燃しかけて、俺は慌てて吹き消す。

いやいや、みらんが誰と遊ぼうが自由だし！　バーベキューに行っても、俺は別に不貞《ふて》腐《くさ》れたりなんてしないし、不機嫌にもならない。嫉妬なんてしない。

「………………」

自分に暗示をかけるように念じる俺。

寝たふりをしながら引き続き聞き耳を立てていると、みらんが「じゃあさ」と答えた。

「修二《しゅうじ》も誘っていいかな？」

えっ——!?

ガンッと机に脚をぶつけてしまう俺。思わぬキラーパスが飛んできて、つい反応してしまった。

「修二って……まさか」

物音で陽キャたちの視線が余計に集まってしまい、困惑の声が聞こえてくる。

放置するとさらに目立ってしまいそうなので、俺はおずおずと顔を上げて、自分から名乗り出た。

「えっと……よ、呼びました？」

「あぁ……」

あからさまに、マジかぁ、みたいな顔をする陽キャ男子。

俺も同じ気持ちだよ。

「まあ、みらんちゃんが言うなら……」

仕方ないといった感じで頷《うなず》く陽キャ男子は、俺に確認してきた。

「で……どうすんの？　来るの？」

うわぁ、めちゃくちゃ行きたくない……！

みらんは来てほしそうな顔をしているけども……ど、どうしよう。バーベキューは俺にはハードルが高いんだよな……。

「いや俺は……」

断ろうと口を開きかけて——もう一度考える。

ふと、頭に引っかかるものがあった。

『なんか、バスケ部のシゲ先輩が狙ってるらしいぜ』

そんなことを男子の誰かが言っていた気がする。

そしてこの陽キャ男子は、そのシゲ先輩に誘われて……それでみらんたちを誘ったわけで。

「えっと……参加します……」

みらんのことが心配になった俺は、参加を表明する。

今までだったらバーベキューなんて絶対に断っていたので、まさか、こんな選択をするとは自分でも驚きだった。

「決まりだねー♪」

俺の返事に、みらんのテンションが見るからに上がる。

花子さんと、阿月さんが何かを勘ぐるような目を向けてくるので、俺だけでもできるだけ無表情を貫こうと努めるが、意味があるかわからなかった。

「ＲＥＩＮのグループに誘うからよろしく」

と、陽キャ男子がみんなに告げてくる。

「グループ……？」

スマホを取り出す俺は、急いで意味を調べる。

どうやらＲＥＩＮには複数人でメッセージのやり取りができる機能があるみたいで――

しかし俺のＲＥＩＮを知っているのは、みらんしかいない。

「修二はあたしがグループに誘うね」

みらん経由でグループというものに招待してもらうことになったが、そのせいでさらにギャル友二人からの視線が痛くなった。

元々疑われていたし、そろそろヤバいかもしれない。

「うわ……」

グループの画面を見る俺は、つい声を出してしまう。

バーベキューメンバーの人数は結構多いみたいで、メッセージやスタンプの数が半端じゃなかった。

高速で流れていくメッセージやスタンプの数々を眺める俺は……とりあえず、足手まといにならないようにバーベキューの勉強をしておこうと心に決めた。


昼休みが訪れ――。

いつもの校舎裏の定位置に腰かける俺は、メッセージやスタンプが騒がしいＲＥＩＮのグループを感慨深く眺めていた。

「………」

俺がこんなふうに陽キャたちと交じる日がくるとはな……。

「お待たせー、修二」

聞き慣れた涼しい声が聞こえてきて振り向けば、許嫁《いいなずけ》のギャルが駆け寄ってくるところだった。

「みらん……」

今日は一緒に昼食を食べる予定だった。

一度立ち上がった俺に、みらんは微笑《ほほえ》んで、持っていた紙袋からお弁当を取り出してきた。

「はい、どうぞ♪」

「いつもありがとう……」

みらんからお弁当を受け取ると同時に、俺の中の昏《くら》い気持ちが薄れていく。

定位置に二人で座る。

最初の頃より俺もだいぶ距離を詰めて座れるようになっていた。

「今日も美味《おい》しそうだね……！」

お弁当を開くと、色鮮やかな料理が姿を見せて、そして、隣には華やかなギャルがいて。

みらんを学校でも独占できるような気持ちがして嬉《うれ》しくなる。

「―――？」

ふと、みらんからの視線を感じて振り向くと、憂いた表情を浮かべていた。

「ど、どうしたの……？」

「今日のバーベキューの話なんだけど……修二は嫌だったかなって思って」

そう言って申し訳なさそうな表情を浮かべ、みらんは謝ってきた。

「無理やり誘っちゃってごめんね」

「い、いや、大丈夫だよ……！　気にしないで」

この流れは前にも経験があるなと思いながら、全力で手を振る。

確かに、突然誘われた時は驚いたけど、最終的に決断したのは俺だし。

「バーベキューするなら、修二と一緒がいいなって思ったの」

「みらん……」

その許嫁の言葉を耳にして、俺は急に自分が恥ずかしくなった。

俺が参加することを決めたのは、シゲ先輩がみらんを狙っている、ということに不安を覚えたからで。

嫉妬とか劣等感で一喜一憂して動いてしまっている自分が、なんだかとても小さく感じた。

「みらん、本当に気にしなくていいよ。むしろ、俺を誘ってくれてありがとう」

みらんは俺と一緒にいたいと思って誘ってくれたんだよな……。

そう考えると無性に嬉しくなってきて。

お礼を言う俺に、みらんは顔を明るくして言ってきた。

「ううん、こちらこそ、参加してくれてありがとう。一緒にバーベキューできるのめっちゃ嬉しい！」

許嫁のギャルの言葉と表情で、俺の昏くうじうじしていた心が晴れる気がした。

そうだ……せっかくみらんが陽キャイベントに誘ってくれたんだ。

「役に立てるように頑張るよ」

みらんに楽しんでもらえるように頑張ろう。

決意する俺に、みらんがクスクスと笑ってきた。

「役に立つとか、そんなの気にしなくて全然大丈夫だよ」

そうみらんは言ってくれるが、陰キャという異分子が交ざるわけなので、それ相応の努力はしないといけないと思う。

誘ってくれたみらんの顔に泥を塗らないようにしないとな。

「バーベキュー楽しみだね！」

「そうだね……」

待ち遠しそうな表情を浮かべるみらんを見つめて、俺も頷いた。

お弁当を食べ終え、友達との用事があるみらんは、先に教室に戻っていった。

俺は、そのまま校舎裏で、ＲＥＩＮのグループを眺めたり、バーベキューについて検索したりして時間を潰し――。

昼休みの終わりが近づき、教室に戻るために廊下を歩いている時だった。

「おい！　待て！」

どこからか語気強めな男子の声が響いた。

なんかこの声、聞き覚えがあるな……。

なんて思いながら歩いていると、さらに声が飛んでくる。

「待てって！」

いつぞやのことを思い出した瞬間、ガシッと肩を摑《つか》まれた。

「無視するなよ！」

振り返ると、以前に苦言を呈してきた陽キャ先輩だった。

呼んでいたのはまたしても俺だったようだ……。

「な、なんですか……」

何系のことを言われるのかはなんとなく予想が付くが、一応訊ねる。

陽キャ先輩は忌々しそうな表情を浮かべた。

「お前もバーベーキュー来るらしいな」

「えっと、は、はい……」

うわぁ、バーベキューにはこの陽キャ先輩も来るのか……。

一気にダルくなった。

「しかも、お前を誘いたいって言ってたの、美蘭《みらん》ちゃんらしいな。どういうことだ?」

「いやぁ……俺みたいな陰キャを気にかけてくれて、優しい人ですよね」

以前使った陰キャスキルでは、かわし切れそうにない質問だったので、おどけて返す。

俺の反応が気に食わないのか、陽キャ先輩は舌打ちしてきた。

「陰キャが調子乗るなよ」

眉根を寄せる陽キャ先輩は睨《にら》みつけながら問うてくる。

「美蘭ちゃんと何か関係でもあるのか?」

「関係と言われても……」

はぐらかす俺に、陽キャ先輩は嘲笑した。

「まあそうだよなw　お前みたいな陰キャなんかと関係があるわけないよな」

この先輩、めっちゃ腹立つし、ダルい!

思ったよりも周りの生徒の視線が集まっていて、それに気付いた陽キャ先輩は俺を突き放して言ってきた。

「まあいいや、当日は邪魔すんなよ」

去っていく陽キャ先輩。

身長の高い後ろ姿を見送る俺は、内心で嘆息する。

「………」

陽キャの中にはやはりこういうやつがいるから、行くことに決めて正解だったなと思った。

＊＊

そんなことがありながらも、バーベキューの日は近づき。

俺は帰宅してから毎日のようにバーベキューの動画を観《み》ては、ネットの記事を読んだり、図書室で借りたアウトドア系の本を読んだりして研究していた。

そうして——ついに本番を翌日に控えた夜、みらんからＲＥＩＮが届いた。

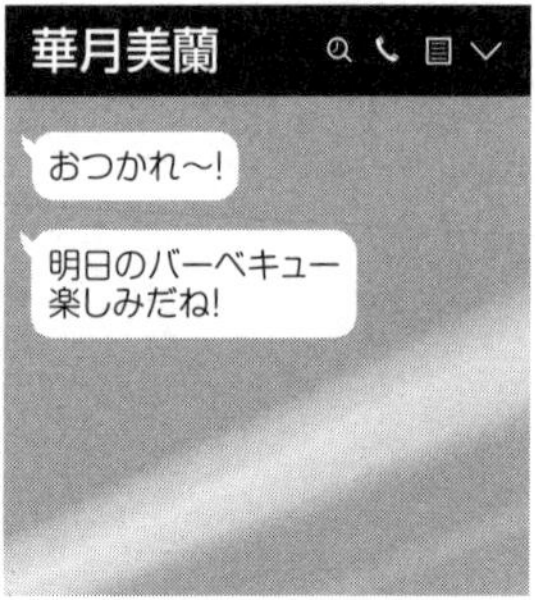
華月美蘭
おつかれ〜!
明日のバーベキュー
楽しみだね!

ＲＥＩＮの文面からも、みらんが楽しみにしていることが伝わってきて。

「みらん……」

多人数でのバーベキューなんて人生初なので緊張していたけど、許嫁の女の子と一緒に遊ぶのだと思うと自然とわくわくできた。

みらんの笑顔が脳裏に浮かぶ俺は、明日のバーベキューをより楽しんでもらえるように返信した。

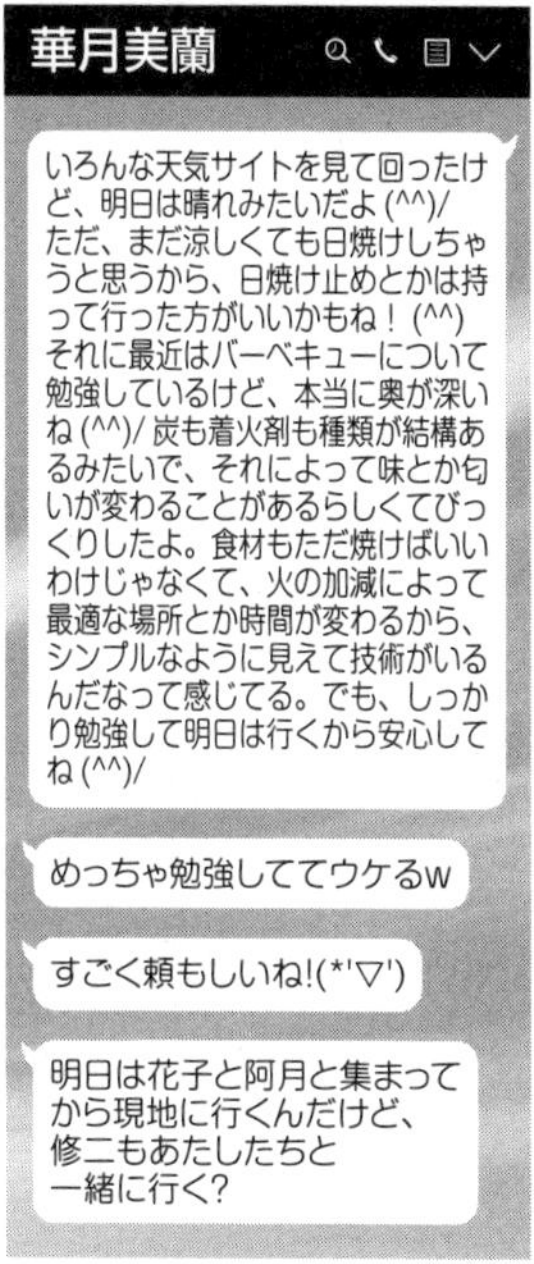

俺は悩んだ末返信した。

な……。

ギャル友から関係を怪しまれているし、それにあのダルい先輩に見られたら面倒臭いし

本当は一緒に現地に向かいたいところだけれど……。

みらんの提案を見つめて考え込む。

「どうしようかな……」

メッセージはすぐに返ってきて――。

華月美蘭　🔍 📞 📋 ∨

いろんな天気サイトを見て回ったけど、明日は晴れみたいだよ (^^)/ ただ、まだ涼しくても日焼けしちゃうと思うから、日焼け止めとかは持って行った方がいいかもね！ (^^) それに最近はバーベキューについて勉強しているけど、本当に奥が深いね (^^)/ 炭も着火剤も種類が結構あるみたいで、それによって味とか匂いが変わることがあるらしくてびっくりしたよ。食材もただ焼けばいいわけじゃなくて、火の加減によって最適な場所とか時間が変わるから、シンプルなように見えて技術がいるんだなって感じてる。でも、しっかり勉強して明日は行くから安心してね (^^)/

めっちゃ勉強しててウケるｗ

すごく頼もしいね！(*'▽')

明日は花子と阿月と集まってから現地に行くんだけど、修二もあたしたちと一緒に行く？

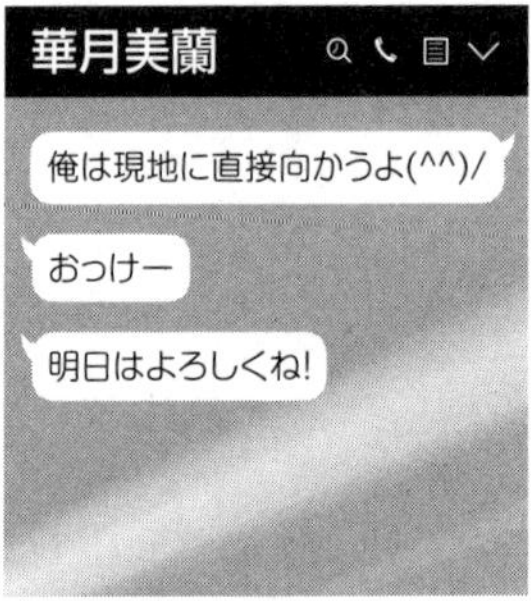
華月美蘭
俺は現地に直接向かうよ(^^)/
おっけー
明日はよろしくね!

気合を入れる俺は、改めてバーベキューについての勉強と復習をしたのだった。

＊＊

そして、バーベキューの日はやってきて――。

「復習しすぎて……あまり寝れなかった……！」

また、寝不足で当日を迎えてしまった！

ちゃんと寝ようとしたんだけど、目をつぶった瞬間、これどうするんだっけな、とか、あれどうするんだっけな、とか気になって……気付いたら止まらなくなってしまった。

そんな寝不足な俺だけれど、今日の服装は火の粉が飛んできても大丈夫なように、長袖長ズボンだ。

しかも化学繊維じゃなくて、コットン一〇〇パーセント。なんでも本によると、化学繊維よりもコットンの方が燃えにくいらしい。

ただ、この時期だとちょっと暑苦しいのが難点だ。

春が終わり初夏の今の時期に、こんな厚着をしている人間は珍しいので少し目立った。

「………………」

ＲＥＩＮのグループに届いているマップを参考に現地へ向かう。

開催場所が河川敷なので、目的地の位置が曖昧なマップと睨めっこしながらしばらく歩いていると、それっぽい集団を見つけた。

「やっぱ、結構いるなぁ……」

ＲＥＩＮのグループで把握はしていたが、そこそこ人数がいた。

男子と女子、割合的には8対2ぐらいだろうか。

同学年、先輩や後輩が交ざっていた。ちなみに……わかってはいたが、みんな見るから
に陽キャだった。

「みらんたちはまだ来てないっぽいな……」

みらんとギャル友二人の姿はまだ見えなくて……。

やっぱり一緒に来ればよかったかな……ちゃんとした知り合いが一人もいないので入り
難《にく》い……！

陰キャボッチの俺が陽キャ集団と合流するのには、結構な勇気が必要だった。

「…………」

しかし、ここでぐずぐずしていても仕方ない。

俺は河川敷に下りて、意を決して陽キャ集団の中に入っていった。

「あ、あの……どうも」

勇気を出して挨拶すると、「ちーす」とか「うぃーす」とか「うぇーい」とか、誰一人
まともなものが返ってこなかった。しかも、みんな、今から街に遊びにでも行くのかと思
うぐらいのオシャレをしていて。

「…………」

なんだろう、俺だけ場違い感が半端ない！　服装も相まってめっちゃ浮くんですけど！

すでにこの中でやっていける気がしない……！

みらん、早く来てくれ……！

と心の中で念じている時だった。


「シゲ先輩、ちーす」


という挨拶が耳に入り、俺は反射的に振り返る。

みらんを狙っているらしいバスケ部のシゲ先輩――。

情報だけは耳にしていて、確か……バスケ部のエースで、顔も良いし、勉強もできるしで、女子たちの人気が高いとのこと。

聞くからにハイスペック陽キャなので、一体どんな顔の奴《やつ》かずっと気になっていた。

「シゲ先輩、うぃーす」

挨拶を受けて軽やかに現れる長身のハイスペック陽キャ男子――シゲ先輩。

「――――!?」

そのシゲ先輩の顔を見た俺は、目を見開いた。

なぜなら、めちゃくちゃ見覚えがあったから！

「まさか、あいつがシゲ先輩か……」

シゲ先輩、それは廊下で俺に絡んできたダルい陽キャ先輩だった。

でもなるほどと、俺は納得する。俺に文句をわざわざ言いに来たのは、やはり、みらんのことが好きだったからか。

「…………」

シゲ先輩を改めて品定めする俺は、ふと不安に思った。

性格はともかく……確かに、シゲ先輩は顔が整っていて身長も高く、オシャレだ。陽キャ男子たちや、女子たちとも上手《うま》く話をしていて……。

それに対して、俺はどうだ。季節外れ感のある長袖長ズボンを着た、オタク知識を語るしか能のない、コミュ症陰キャ。

あれ、俺が勝っている要素、ほぼなくね？

圧倒的な現実を目の当たりにしていると、シゲ先輩の目の色が変わった。

その視線に振り向くと、その先には今しがた到着した、みらんとギャル友たちの姿があった。

「お待たせー」

いつもの明るい口調で河川敷に下りてくるみらんの姿に、俺はつい見惚《みと》れてしまう。

袖の短い白いシャツの上に薄手のカーディガン。短いデニム。

動きやすそうで涼しそうな格好をしているみらんはとても綺麗《きれい》で。もちろん、みらんのギャル友二人もオシャレで綺麗だが、俺の目には許嫁《いいなずけ》のみらんが際立って見えた。

「………」

この場には他にも陽キャ女子はいるが、やはり格が違うのか、シゲ先輩を含め陽キャ男子たちは盛り上がっていた。

＊＊

それからしばらくして全員集まったようで、バーベキュー会は緩く始まった。

とはいっても、まだ全然バーベキューのコンロの準備ができていないので、みんなそれぞれ喋《しゃべ》ったり、河原で遊んだりしている。

みらんはここでも引っ張りだこで、女子や男子に囲まれていた。

「………」

みらんにも挨拶できず、手持無沙汰になる俺は、とりあえず準備中のバーベキューのコンロを見に行く。

今までは座学だったので、実物を見るのはテンションが上がった。

「ちっ、これどうやるんだっけな……」

そんな舌打ち混じりの声が聞こえてくる。

バーベキューのコンロを持ってきたチャラそうな先輩が、セッティングにだいぶてこずっているみたいだった。

あまりにもイライラしていたので、俺は声をかけた。

「あ、あの、俺……手伝いましょうか」

「マジ？　じゃあよろしく頼むわ！」

「え？」

チャラそうな先輩は、全部俺に任せると速攻で遊びに行ってしまった。まさに一瞬だった。

これが陽キャか……！

「………」

まあ、声をかけたのは俺だし何も言うまい……！

丸投げされた俺は、動画で勉強した内容を思い出しながらコンロの準備をしていく。結構本格的なコンロみたいで、組み立てが確かに少しややこしかった。

ようやく組み立てられて、火を起こすための準備をしていると――。

「修二《しゅうじ》、あたしも手伝うよー」

聞き慣れた涼しげな声が耳をくすぐった。

「みらんっ――!?」

振り向けば、許嫁のギャルが顔を間近に寄せてきていて――。

慌てて距離を取ると、カーディガンを脱いで薄着になったみらんの全身が目に映って、心臓が高鳴った。

タンクトップ気味のシャツの袖と、短いデニムから伸びる長くて白い手足は印象的で。少しタイトなのか、ボディラインもあらわになっており。

何より――シャツから下着が透けて見えた！

「――――!?」

慌てて視線を逸《そ》らす俺に、みらんが首を傾《かし》げてくる。

「どうしたの？」

「い、いや、あの……」

しどろもどろになる俺に、みらんはもう一度近づいてくる。

透けた下着や肌が間近に迫り、炭の火に炙《あぶ》られたように顔が熱くなってしまう。

「す、透けてて……上、着た方がいいかも……」

俺の指摘に、みらんは恥じらうどころかくすくすと笑い返してきた。

「ああこれ、水着だよ！　川で濡《ぬ》れるかなって思って」

「水着……!?」

水着ならいいのかと一瞬思うが、シャツから透けて見える様は扇情的で……下着と変わらない気がした。

「ちゃんと下もはいてるよ」

と、あろうことか、俺の目の前でデニムを脱ごうとしたので、慌てて止めた。

「わ、わかったから……!　脱がなくても大丈夫だから!」

顔を俯《うつむ》かせた俺に、みらんは覗《のぞ》き込むようにして訊《たず》ねてきた。

「やっぱり、透けるの気になる?」

「いや……うん、まあ……少し」

俺一人だけならずっと見ていたい欲はある。

ただここには、他の男子も多くいるので、できるなら見せたくない感情があった。

「修二が気になるなら、上着るね!　でも、修二にしかシャツの姿は見せてないから」

こっそり伝えてくるみらんに、俺の心臓がパンクしそうになる。嬉《うれ》しさと恥ずかしさで、許嫁の姿をしばらく直視できなくなる。

カーディガンを再び羽織るみらんは、バーベキューの道具を見て言ってきた。

「準備手伝うよ?」

「あ、ありがとう……。でも、大丈夫だよ。もう準備終わるから」

準備に一旦集中することで心を落ち着かす俺。

「みんなが遊んでる中でも、準備しててすごいね」

「全然凄《すご》くないよ。こういう地味な作業って結構好きだから楽しいよ」

これは謙遜ではなく、本当のことだ。それに……こういうことでしか、みんなの役に立てないし。

それからみらんに眺められて作業していると、花子《はなこ》さんと阿月《あづき》さんがニヤニヤしながら近寄ってきた。

「みらんのお気に入りの修二くんじゃん！」

「準備しててめっちゃえらいじゃーん！」

語りかけてくるギャル友二人に、みらんが顔を輝かせて言った。

「でしょ！　準備してくれてて、えらいよね！」

そのみらんに、ギャル友二人は顔を見合わせて苦笑しながら言ってきた。

「なんでみらんが誇ってるの？ｗ」

「えっとー」

口をつぐむみらんは困ったように、俺を見てくる。

前から物凄くボロを出しまくってるが……ふむふむ、なるほど、みらんは隠し事が苦手なのか。

答えに窮しているみらんに、俺は手を叩《たた》いて無理やり話を切り替えた。

「あ、そうだ……！　ビーチボールがあるので……遊んできたらどうですか？」

誰が持ってきたのか、まだ空気が入っていないビーチボールがあったので、俺は急いで膨らませてギャルたちに手渡した。

「修二くんは、うちらと一緒に遊ばないの？ｗ」「四人で一緒に遊ぼうよｗ」

追及しないでくれたらしい花子さんと阿月さんは、代わりにニヤッと笑って誘ってくる。

「俺はまだ準備しないといけないので……」

「そうー。じゃあ、みらん行こうー」

ヘコヘコする俺に、ギャル友二人はビーチボールを持って河原へ移動する。

みらんは、一人でコンロを準備する俺を気にした様子だったので、笑顔で言った。

「俺のことは気にせず、楽しんできて」

「え……でも」

ギャル友たちがみらんを呼ぶ声が聞こえてきて、俺は促した。

「ほら、呼んでるよ」

「う、うん」

みらんは俺のことを気にしつつも、ギャル友のところへ向かっていった。

とりあえず――シゲ先輩が狙っているとかそういうのは措《お》いておいて、俺はみらんたちにバーベキューを楽しんでもらうことに集中しよう。

「…………」

気持ちを仕切り直し、コンロの準備を終え……。

誰もやらなそうなので今度は食材の準備を始めた時だった――。

「オレ、今日、美蘭《みらん》ちゃんに告白するから」

「マジっすか！」


そんな会話が耳に入ってきて――。

ハッとして振り返れば、件《くだん》のシゲ先輩が後輩に自信満々に話していた。

「まぁーオレならいけるっしょ」

「じゃあ、その時は美蘭ちゃんのギャル友紹介してくださいね！」

まったくもって、低俗な会話だ。

「――――！」

俺の中に、忘れていた腹立たしい感情が沸き上がる。

こんな奴《やつ》なんかに、絶対みらんを取られたくないと思うが――。

「…………っ」

許嫁であることは隠しているので、告白自体をどうこう言う権利は俺にはなく。

何の取り柄もない万年陰キャオタクボッチの俺と。

片やバスケ部のエースで、勉強もできて、顔も良いハイスペック陽キャ男子。

周りはきっと、俺なんかよりもシゲ先輩の方がみらんに相応《ふさわ》しいと思うだろう。

もし仮に、みらんがシゲ先輩のことを良いと思ったら……？　シゲ先輩のことを好きになったら……？

俺はどうしよう……。

親同士が決めた許嫁。俺にみらんを縛り付ける権利はないように思えた。

「――――」

なんて考えが濁流のように脳内で渦巻き。

悶々《もんもん》としている間にバーベキューの準備は完全に出来上がっていた。

「すげぇ！　もう準備できてるじゃん！」

一人の陽キャ男子がテンション高く肉を焼き始めると、その匂いと音に釣られて散っていた他の陽キャメンバーたちも集まってきた。

「………」

俺は雑用に徹した。

いや、今の俺には雑用をやる方が都合がよかった。

肉を焼いたり、野菜を焼いたり、最高な焼き具合でお皿に載せてあげたり、ゴミを片づけたり――。

普通にしていると、ネガティブなことを考えすぎてしまうので――俺は集中して裏方に徹した。

「修二くん、めっちゃ働き者じゃん」

「でもちょっとかわいそうじゃない？」

そんな花子さんと阿月さんの声が聞こえてくる。

振り返ると、みらんが心配げに見にきていたので、俺は明るく言った。

「いや、全然楽しいですよ」

「修二、あたしも手伝うよ――！」

みらんがこちらに駆け寄ろうとした時だった。

「美蘭ちゃーん、ちょっと来てくれない？」

シゲ先輩の、みらんを呼ぶ声が響いた。

「――――！」

みらんが反応するよりも、俺の意識が反応するのが早かった。

俺のところへ来ようとしていたみらんは躊躇《ためら》いながら、シゲ先輩に訊ねた。

「なんですか」

「ちょっと話したいことがあって。向こうで話そう」

「ここじゃダメなんですか？」

「まあね」

息を吐くみらんは、シゲ先輩と共に場所を移動していく。

それを見る俺の心はやすりで削られるように、ざわついた。

シゲ先輩に告白されたら、みらんはどんな顔をするのだろうか？　そして、どんな返事をするのだろうか？

とてつもなく気になるが、今の俺が口を挟める問題ではなくて。それに、現実を知ってしまうのも怖くて。

結局は、どんな選択しようがみらんの自由で、俺はそれを甘んじて受け入れるしかない。

「――――」

それでも――短い期間かもしれないが、今まで築いてきた俺とみらんの関係性は確かで。

信じて待つしかないか……。

二人を見送る俺は堪《こら》えるようにグッと息を呑《の》んだ。

＊＊

「それで、話ってなんですか？」

バーベキューの場所から離れた高架下で向き合う、みらんとシゲ先輩。

そして——その陰からこっそり見守る俺！

あの後、やっぱり気になってあとを付けてきてしまった。

我ながら格好悪いとは思うけど、俺の肝っ玉はまだそこまで大きくないので許してほしい……！

「今日のバーベキューどう？　楽しんでる？」

「はい」

「それはよかったよ。企画したのオレなんだよねー」

「そうなんですね。実際に準備していたのは違う人なので、忘れてました」

そのみらんの言葉に、シゲ先輩は少しムッとした様子だった。

「あの陰キャ誘ったの、美蘭ちゃんだよね。便利なパシリ連れてきてくれるのは助かるけど、付き合う人は考えた方がいいよ」

俺が何か思う前に――。

みらんの表情が、見たことないぐらい冷たくなったのを感じた。

「彼はパシリじゃないですけど？」

「そうなんだ？　じゃあなんで、あんな奴に構ってるのｗ」

苦笑するシゲ先輩。

みらんの態度が見るからに冷え込んでいた。

「なんですか？　用がないなら戻ります」

「いや待って――」

慌てて呼び止めるシゲ先輩は、話を本題に切り替えるように咳払《せきばら》いをした。

「あのさー、オレたちお似合いだと思うんだよね」

「そうですか？　よくわかんないです」

「いや絶対、相性良いって！　オレ、いまフリーだしさ、付き合わね？」

シゲ先輩の告白……。

「ごめんなさい。無理です」

しかし、みらんは悩む間もなく即答していた。

「――は⁉」

まさか即答で断られるとは思っていなかったのだろう。シゲ先輩は、素っ頓狂な声を上げていた。

「な、なんでだよ⁉」

「あたしには心に決めてる人がいるので」

心に決めてる人――。

みらんには、そんな人がいたんだ……。

衝撃に思う俺だが、少し遅れて――それってまさか俺のこと……？　と疑問に思う。

「いやいや、マジありえねぇって！　なんだよ心に決めてる人って！」

ショックを隠し切れず髪をガシガシと掻《か》くシゲ先輩。

みらんは、そのシゲ先輩に冷笑して言った。

「先輩よりも何倍も素敵な人ですよ」

「は⁉」

「向こうは覚えてないみたいだけど……昔からその人は優しくて、純粋で、初めて会った小さな頃から全然変わってなくて……」

昔を思い出すような表情をするみらんは、少しはにかみながら言った。

「あたし、その人のことが超大好きなんです」

「────!?」

そのみらんの顔を見て……言葉を聞いて、俺は強烈な既視感を覚えた。
その既視感を手繰《たぐ》り寄せて思い出すのは──。
幼い頃、両親と旅行に行った時に、ちょこちょこ会っていた女の子だった。
最初の出会いはどんなんだったか……。
それは忘れてしまったけど、旅行に行くたびになぜか遭遇するので、いつの間にか仲良くなって。
その中でも一番覚えているのは──親の仕事の都合で当分会えなくなると告げられ、その時、女の子に言われた言葉。

『修二《しゅうじ》くん……だいすき！　しょうらい、けっこんしてね！』

現状を忘れて、しばらく郷愁に浸ってしまう俺だが、はたと気付く。

あの時の女の子って、まさか……みらん!?

いや、でもあの時の女の子はもっと落ち着いた見た目と雰囲気だったような？　でも、みらんの『心に決めてる人』が俺で間違いがなかったら辻褄《つじつま》は合うし、たびたび抱いていた既視感の説明も付くわけで……。

「は!?　なんだよそれ！」

現実を受け止められないシゲ先輩は荒れていた。

見るからに態度が悪くなり、舌打ちをするシゲ先輩は茶化すようにみらんに訊《たず》ねた。

「まさか――相手はあの陰キャとかだったり？ｗ」

「…………」

「マジかよ!?」

みらんが何も反論しないのを見て、シゲ先輩は目を丸くしていた。

「いや、絶対、あんな陰キャよりもオレの方がいいだろ！　オレの周りからの評価知ってるだろ？　カッコいいし、優しいぜ？　それにいろんな遊びも知ってるから楽しいって。絶対オレの方がいいだろ！」

「全然興味ないです。ナルシスト、キモすぎ」

バッサリと切り捨てるみらんに、シゲ先輩は逆上した。

「あ!?　なんだと――!?」

みらんに摑《つか》みかかろうとするシゲ先輩を見て――。

「――っ！」

気付けば俺は飛び出していた！

みらんを摑もうとした手を摑み引きはがす俺に、シゲ先輩は面食らっていた。

「なんだよお前!?」

「俺の……手を出すな……」

「あ？」

俺は、クズの陽キャを睨《にら》んで言った。

「俺の大事な人に手を出すな!!」


人生でここまでの大声を出したことがあっただろうか。

一瞬怯《ひる》んだシゲ先輩だが、すぐに俺の手を振りほどいて――。

「陰キャが調子乗んなよ！」

拳を振りかぶってきた。

自慢じゃないが俺は喧嘩《けんか》が弱い。コテンパンにボコボコにされるだろう。しかし、喰《く》らい付いてでもみらんに手は出させない。

その覚悟で拳を受けようとした時だった。

「うっわーフラれて逆切れとか、超ダサいんですけどｗ」

「キモさ通り越してドン引きだわーｗ」

その声は、この高架下にやけに響いて聞こえて——。

見れば、みらんのギャル友二人・花子《はなこ》さんと阿月《あづき》さんがスマホをかざして冷ややかに笑っていた。

「な、なんだよ……！」

拳を振り上げたまま睨むシゲ先輩に、二人はあざける様に笑った。

「いま録画してるけど、どうする？ｗ」

「というか、さっきの動画、ＲＥＩＮのグループに貼っちゃったｗ」

送信完了したスマホの画面を見せてくる阿月さん。

それから間もなくして、スマホに通知音と共に大量のメッセージが流れ始めた。

BBQメンバー
うわシゲ先輩、ダサ
見損なったわ
逆上とかヤバ
あり得なくねw

ほとんどシゲ先輩への非難のメッセージで、自分のスマホを取り出すとシゲ先輩は大きく舌打ちした。

「覚えてろよ！」

シゲ先輩は、漫画の小悪党のようなセリフを残して逃走したのだった。

＊　＊

シゲ先輩が去って気が抜ける俺の背に、みらんが抱き着いてきた。

「修二、ありがとう――」

「え、えっと……!?」

背中に押し付けられる柔らかい感触にキョドってしまう。

温《ぬく》もりと、香りと、少しの震えを感じて、俺は背後のみらんに語りかけた。

「心配で見に来ちゃってて……何事もなくてよかったよ……」

そんな俺とみらんに、花子さんと阿月さんが寄ってきた。

「みらんの彼氏、助けにくるとか超カッコいいじゃん！」

「前から気になっていたけど、やっぱり彼氏なんだ？」

大声で「俺の大事な人に手を出すな!!」と叫んでしまった手前、もうはぐらかすことはできなかった。なんなら、その時の動画はシゲ先輩の言動と一緒にＲＥＩＮのグループに貼られている。

「みらん、いい男ゲットしたじゃんｗ」

「てか、よく見たらイケメンじゃね？ｗ」

からかい半分でみらんに話しかける二人。

俺の背中から離れたみらんは、照れるような自慢げな顔で二人に言った。

「でしょ？　あたしの自慢の旦那さんなの……！」

「「……旦那さん？」」

思わぬ言葉だったのだろう。

ギャル友二人は首を傾《かし》げて顔を見合わせていた。

それで俺も遅れて気付く。

そっか、まだ許嫁《いいなずけ》ではなく、彼氏彼女の関係で通せるのか。

みらんもそれに気付いたようで、俺に視線を向けてくる。

「…………」

正直迷った。

俺と許嫁だということで、これからみらんに迷惑をかけるかもしれない。

それでも……。

今回のことで、自分がどれだけ華月美蘭《はなつきみらん》のことを好きになっているのか、大事に思っているのかを理解した俺は、覚悟を決めて頷《うなず》いた。

「もう隠さなくていいよ。秘密にさせててごめんね」

その俺の言葉に、みらんは満面の笑みを浮かべた。

「嬉《うれ》しい……！　前からずっと言いたかったの」

目を輝かせながら俺の腕に手を絡めてくる、みらん。

再びキョドる俺に身体《からだ》をグッと寄せたみらんは、友達二人に「実は――」と自慢げに告げた。

「あたしら許嫁なんだよねー！」


「「許嫁――!?」」

本当に予想外だったのだろう。

花子さんと阿月さんは、驚きのあまりしばらくの間、言葉を失っていた。

「えっと……ちょっと待って、許嫁ってことは将来結婚するってこと？」

意識を取り戻した花子さんが問いかけてくる。

改めて言われると、言葉の重みを感じる。

確かに、高校生の俺にはまだ結婚とかそういうのはイメージできないけれど……それでも、みらんが相手なら俺は良いと思えた。

そのみらんも笑みを浮かべていて――。

「そうなの」

と、隣で頷いていた。

「みらんってモテるのに、ずっと男作らないから気になってたけど、そういうことだったんだ」

合点がいったという感じで呟《つぶや》く阿月さん。

それに対してもみらんは、「そうなの」と頷いていた。

「やるじゃん！」「お似合いじゃんｗ」

唖然《あぜん》としながらも、俺とみらんを見つめる花子さんと阿月さんは、最後に笑って小突いてきた。


この出来事を機に、俺とみらんが『許嫁』だということは周知のものになった。

ちなみに後日談だが――。
シゲ先輩の悪評はすぐに学校に広がり、人気は地に落ち、バスケ部の練習をサボってバーベキューに来ていたこともあり部長から相当絞られたらしい。

＊＊

バーベキューの面々は当初かなり騒いでいた。

シゲ先輩の騒動――。

俺とみらんの許嫁の話――。

いろいろと質問攻めにもあったが、時間の経過と共にある程度落ち着いていった。いや、落ち着いたというか、矛先が、受け答えが的を射ない陰キャの俺にではなく、みらんの方に集中したというか。

「…………」

辺りも暗くなってきて――みらんを囲う陽キャたちと、その周囲できらきらと爆《は》ぜる火花を、俺は河原の隅っこで静かに見つめる。

時期としては少々早いが、バーベキューの最後の余興として用意されていた花火をしていた。

派手な花火は全部陽キャたちに持っていかれたので、俺の持っているのは線香花火だ。

「…………」

地味だけれど、小さく爆ぜ続ける火花は意外に面白くて。

一人で、いかに線香花火の玉を長持ちさせるか挑戦していると、不意に声がかけられた。

「修二《しゅうじ》ー」

「み、みらん……！」

歩み寄ってくる許嫁のギャルは、俺の隣に座ってくる。

肩が触れ合うぐらいに近く——俺の動揺が線香花火に伝わり、玉が落ちてしまった。動揺を悟らせないために慌てて次の線香花火を用意する。

「あたしも一緒にやっていい？」

「う、うん……もちろん」

一緒に線香花火に火をつける。

ぱちぱちと輝く小さな花火に、みらんは子供のように笑った。

「めっちゃ綺麗《きれい》だねー」

「そうだね……」

頷く俺だが、線香花火よりも、みらんの横顔の方に見惚《みと》れてしまっていた。

そのみらんが振り向いてくるので、俺は反射的に目を逸《そ》らしてしまい持っていた線香花火の玉が落ちてしまった。

ちょっと恥ずかしくて……遠くで派手に光っている花火と、楽しそうな陽キャたちに目を向ける俺は、許嫁のギャルに咳払《せきばら》いしながら語りかけた。

「質問攻め、大変そうだったね……」

その俺の言葉に、みらんはきょとんとしていた。

「そう？　修二のこといっぱい喋《しゃべ》れて嬉しかったよ？」

「お、俺のこといっぱい……!?」

今まであまり碌《ろく》なことをしてこなかった気がするので、何をみんなに喋ったのか少し気になるところだ……。

みらんの持っていた線香花火も終わり――。

新しい線香花火を取り出そうとする俺に、みらんが優しく言ってきた。

「さっきは、助けてくれてありがとう」

「え、いやそんな……お礼を言われるようなことはしていないよ」

慌てて言う俺。

当たり前のことをしただけだし。なんなら心配で覗《のぞ》いちゃっていたし……。

みらんとシゲ先輩のやり取りを思い出す俺は、改まって言った。

「むしろ……お礼を言わないといけないのはこっちの方だよ」

俺を悪く言うシゲ先輩に対しての、みらんの態度。

あんなふうに俺のために怒ってくれた人が、かつていただろうか……。

今思い返しても、胸がすくような熱くなるような、嬉しい気持ちが沸き上がってきて。

「俺のために怒ってくれて、ありがとう……」

みらんに向き直る俺は、頭を下げた。

くすぐったそうに笑う許嫁のギャルは、先ほどのことを振り返るように呟いてきた。

「あたし、あの時の言葉、めっちゃ嬉しかった」

「あの時って……」

なんの言葉か一瞬で察する。


『俺の大事な人に手を出すな!!』


俺が大声で叫んだ一言だ。

普段、誰かに叫ぶことなんてないので、俺の中では、もうすでに若干恥ずかしい思い出になりつつあった。

「あの時は咄嗟《とっさ》だったというか……」

顔が熱くなる俺に、みらんは少しの間、嬉しそうにくすくすと笑う。

それから、何かを考えるように遠くを見る許嫁のギャルは、「ところでさ」と、ぼそっと訊《たず》ねてきた。

「あたしたち昔に会ってたの……覚えてる?」

その言葉に――。

俺は先ほど、既視感と共に手繰り寄せた幼い頃の思い出を告げた。

「小さい頃……親と旅行に行った時にさ、よく同じ女の子と会ってて……」

最初の出会いは忘れたけれど、旅行に行くたびに遭遇した女の子。気付けば仲良くなっていて、会うたびに遊んだのは覚えている。

「やっぱり……その女の子って、みらんだったの？」

「うん！」

確認すると、みらんは嬉しそうに頷いた。

「気付かなかった？ｗ」

「その……見た目が凄《すご》く変わってて……ごめん」

「でも覚えていてくれたんだね」

謝る俺に、みらんはしばらくの間、くすくすと笑う。

それから何かを決めたように頷くみらんは、「実は……」と告げてきた。

「許嫁の話を進めて欲しいって親に言ったのは、あたしなの……」

「え……!?　みらんが!?」

思わぬ事実に驚愕《きょうがく》する。

てっきり、親同士が勝手に決めたものだと思っていたので。

頷《うなず》くみらんは、少し遠慮がちに語ってきた。

「修二と同じ高校になれて……本当は一年生の頃から仲良くなりたかったんだけど、上手《うま》くできずに一年が過ぎちゃって――」

一年生の時にやたらと声をかけられたことを思い出す。

なんでこんなに俺に構ってくるのか疑問だったが――。

「…………」

しかし、そういう想《おも》いがあったのだと思うと、途端に、今までいろいろと絡んできたことが可愛《かわい》く思えた。

みらんは「それでね……」と、告げてくる。

「このままじゃだめだと思って、許嫁《いいなずけ》の話を使ったの」

「そ、そうだったんだ……」

二年に上がってからの陽キャギャルの行動を思い返しながら俺は、頷く。

恋人の話をしてきたかと思ったら、それからみらんの態度が変わって、その後に許嫁の話が降って湧いてきたんだよな。

感慨にふける俺に、みらんは申し訳なさそうに打ち明けてきた。

「いきなり許嫁って言われて、修二は迷惑じゃないかってずっと不安だった」

許嫁のギャルが抱いていた想い……。

「みらん……」

許嫁の話に対していろいろと悩んでいたのは俺だけじゃなかったんだと感じる。

俺は首を横に振って言った。

「戸惑いはあったけど、迷惑ではなかったよ」

「ほんと……?」

「うん、逆に、俺の方こそ……みらんは、俺なんかと許嫁で嫌じゃないかってずっと不安だった」

みらんは、みんなから人気の陽キャなギャルで。

俺みたいな陰キャボッチが許嫁で迷惑ではないか、嫌ではないかとずっと不安だった。

その想いを打ち明ける俺に、みらんは慌てて首を横に振った。

「そんなことないよ！　修二は昔からすごく素敵だし……！」

そこまで言って顔を赤く染めるみらん。

その許嫁の姿に俺も顔が熱くなった。

今までこんなに肯定されたり、褒められたりすることがあっただろうか。

経験のないことだらけで、むずがゆくなった。

「修二、あのね」

それから少しの沈黙の後に、みらんが俺を見つめてくる。

みらんは先ほどの遠慮がちな表情とは違う、はじけるような笑みを浮かべると俺に言ってきた。

「あたしの許嫁になってくれて、ありがとう」

「――――」

その言葉はあまりに嬉《うれ》しすぎて――。

俺はしばらくの間、言葉を失ってしまう。

「みらん……」

それはこっちの方だよ……。

みらんの言葉に、俺はそう思う。

他人に興味がなくて、家にずっと引きこもっていた俺。

そんな俺を、みらんは引っ張り出してくれた。新しいことに挑戦させてくれた。

昔の俺と、今の俺とでは、もう全然違うと思う。

改めて、そう感じる俺は、みらんの瞳を見つめる。

「俺は……みらんと許嫁になったお陰で、自分の世界が広がったよ」

その綺麗な目に魅入られる俺は——大好きな許嫁にお礼を言った。

「俺の許嫁になってくれてありがとう」

俺は、どこに出しても恥ずかしい陰キャオタクだった。

しかし、ある日突然、ギャルの許嫁ができた――。

相手は、スクールカーストのトップで男女問わず人気の陽キャギャル・華月美蘭《はなつきみらん》。


俺の生活は、そのギャルによって大きく変わった。


元々、他人に興味はなかったし、自分のことも深く悩まない俺だった。

それが許嫁のギャルと接する中で、いろいろと考えることが増えたし、悩むことも増えて――。

最初は戸惑いだらけだったけど、そのお陰で自分のことも、みらんのこともよくわかるようになった。


元々、自分の興味があることしかやらないインドアの引きこもりの俺だった。

それが、許嫁のギャルと触れ合う中で、俺一人では絶対にやらなかったことに直面し、新しいことに挑戦するようになって――。

最初は大変だったけど、そのお陰でたくさんの新しい発見があった。

許嫁のギャル・華月美蘭のお陰で俺の世界はカラフルに広がった。

それにみらんが許嫁だと学校中に知れ渡ってからは、俺の学校生活も一変した。


例えば、学校に登校すると――。

今までは誰にも挨拶されない陰キャムーブをしていたのだが。

「修二《しゅうじ》、おはよう～」

「お、おはよう……」

登校してきたみらんから、みんなの前で気兼ねなく挨拶をされるようになり。

そしてさらに――。

「みらんの彼ピ、はよ～」

「彼ピ、気配消しててウケるw」

みらんのギャル友からも挨拶されるようになった。

例えば、休み時間は——。

完全に空気に徹して誰にも意識されていなかったが。

「あいつが、みらんちゃんの恋人ってマジ!?」

「いや、許嫁らしいぞ」

「は……!?」

そんなふうに、陽キャ男子から羨望と嫉妬の視線を受けることが増えたし……。


例えば、廊下で——。

絡んできていたダルい陽キャ先輩が。

「すみませんでした……!」

部活で相当焼きを入れられたのと、下がった評判に相当苦しんでいるらしく、ガチ謝りされるし。


その中でも何より大きい変化は——。

「修二〜」

昼休みのチャイムが鳴り、みらんが俺の席にやってくる。

「はい、修二、お弁当♪」

「あ、ありがとう……！」

差し出されるのは許嫁のギャルの手作り弁当で。

今まで人目を気にして、こっそり受け渡ししていたお弁当。

それを教室の中で堂々と受け取れるようになった。

なんなら――。

「一緒に食べよう♪」

みらんに連れられて、花子《はなこ》さんと阿月《あづき》さんと一緒に昼ご飯を食べることもあって。

ずっとボッチ飯だった俺からすると、革命的だった。

＊＊

とはいえ――。

俺は万年ボッチの陰キャオタク。

視線に晒《さら》され続けるのは性に合わないわけで。

結局、休み時間は寝たふりをして陽キャたちをやり過ごすし。

昼休みは、喧騒《けんそう》から逃れるため校舎裏の定位置へそそくさと移動する――。

そんな陰キャ行動は変わらなかった。

「…………」

しかし、昔みたいに、今のままでいいとは思っていない。

俺は、華月美蘭の許嫁《いいなずけ》として見合う男になりたいと思っている。


なのである日の休み時間――。

みらんが席を外している間を見計らって、俺は席を立った。

「花子さん、阿月さん、ちょっといいですか」

声をかけたのはみらんのギャル友二人。

その二人に俺は、あるお願いをした。

＊＊

待ち合わせ場所へ向かう俺。

今日はみらんとの二回目のデートだった。

しかし、前回とはわけが違う。

「よし、ばっちりだ」

お店のショーウィンドウに反射する自分の姿を確認する俺は、髪に触る。

いつもと違い、今日は前髪が上がっていて、全体的に撥《は》ねていた。

そう、ワックスを使用したのである。

みらんのギャル友である花子さんと、阿月さんに付け方を教えてもらったのだ。とはいえ、まだマスターしたわけではない。ワックスも思っていたよりも奥が深くて、まだまだ初心者レベル。

「まだ時間はあるな……」

前回同様、待ち合わせ場所にはかなり時間に余裕を持って到着した。

今日はいつもと髪型も違うので、その分、周りを意識してしまう。

心を落ち着かせようと隅で深呼吸しかけた時だった。

「あれ？　修二？」

明るい声が耳に届いた。

声の主《ぬし》は、許嫁のギャル・華月美蘭で。

「一瞬、誰かわからなかったー」

ワックスで整えた俺の髪に目を丸くするみらんは、じろじろと見つめてくる。

しかし……。

みらんに見られながらも、俺もみらんをじろじろと見つめてしまっていた。

「俺も……一瞬、誰かわからなかったよ」

いつも派手で華やかな格好をしているみらんだが――。

今日は落ち着いた色合いの清楚《せいそ》な服を着てきていた。雰囲気も相まって、別人のようだった。

「修二が好きそうな格好してみたんだけど……どうかな?」

照れるように言うみらん。

以前、アニメショップに行った時に清楚系ヒロインの服装について尋ねられたことを思い出す俺は、その姿を見つめて正直に伝えた。

「に、似合ってるよ」

「ホント? じゃあ、これからこういう格好しようかな……」

そう呟《つぶや》いて悩むみらん。

確かに似合ってはいるが……。

俺はそのみらんに感じたことを素直に口にした。

「でも、俺は前の服も好きだよ」

最初は派手で華やかなギャルに辟易《へきえき》していたけれど、今ではそのみらんの姿が好きになっていて――。

落ち着いたみらんの格好に物足りなさを感じている自分がいた。

「修二……」

頬を染めるみらんに、自分が結構恥ずかしいことを言ってしまったと気付いた俺は頭を掻《か》く。

しかし、その頭にはワックスが付いていて、掻けなかった。

その動作を見たみらんは、微笑《ほほえ》みながら口にしてくる。

「修二の髪型、カッコイイね」

「ワックス付けてみたんだ……」

「似合ってるよ！」

みらんから見て変じゃないかと心配だったが、褒められてホッとする。

「ありがとう……」

これから学校とかにも付けていこうかな……。

なんて考えていると、みらんが言ってきた。

「でも、あたしも、いつもの修二の髪型も好きだよ」

「――」

俺の言ったセリフを返されて、ドギマギしてしまう。

しばらく無言で見つめ合ったあと、俺はみらんに手を差し出して言った。

「じゃあ、デート行こうか」

「うん！」

繋《つな》いでくるみらんの手は、細くて温かくて。

握り返す俺は、みらんと共にデートに出かけたのだった。

幼い日の思い出
遊園地がよかった！
いやぁ!!
つまんない！
前から決まってた旅行なんだから、わがまま言わないの！
ムスッ
…わかるよ
紅葉狩りって子供には退屈だよね
…え？
紅葉狩りは放っておいて
一緒に遊ぶ？
う、うん…

だーるーまー
さーんーがー
きゃ、
きゃっ
じゃーねー
修二、あんた紅葉狩り楽しみにしてたのにあの子に付き合ってあげたのね
別に……気が変わっただけ
え、
あたしのために…
ドキッ
ドキッ
その時あたしの初恋は始まった

あとがき

この本をお手に取ってくださりありがとうございます。泉谷一樹《いずみたにかずき》と申します。

今作では「陰キャ」や「陽キャ」などの言葉がよく登場しますが、最初に私がその単語を耳にした時、時代の変化を凄《すご》く感じました。ひと昔前は「ネクラ」とか「リア充」とかが使われており、さらにもっと昔には違う表現をされていたと思います。なので、今作で使用している言葉も、いつかは使われなくなるのだと思うと今から切ないです……！

さて、時代の変化を感じる点で、今作にはさらに大きなものが一つあります。

それは、今作が出版された経緯です。

今作は、ＹｏｕＴｕｂｅチャンネル『漫画エンジェルネコオカ』の漫画動画として生まれた作品でした。有難いことにたくさんの方に視聴していただいたお陰で、この度、本として出版することができました。

動画から本になる、というのが今の時代を感じる一番のポイントだと思います。

この本は、ここでは書き切れないぐらいのたくさんの方のご協力とお支えによって世に出ることができました。全ての方に心から感謝を申し上げます。特に、動画から応援してくれている方、そして、この本を手に取ってくださったあなたに最大の感謝を――。

ギャルの許嫁
書籍化
おめでとうございます！
楽しんでいただけると
嬉しいです！
まえ

ある日突然、ギャルの許嫁ができた　1

発　　　行　2022 年 4 月 25 日　初版第一刷発行

著　　者　泉谷一樹
発 行 者　永田勝治
発 行 所　株式会社オーバーラップ
　　　　　〒141-0031　東京都品川区西五反田 8-1-5
校正・DTP　株式会社鷗来堂
印刷・製本　大日本印刷株式会社

作品のご感想、ファンレターをお待ちしています
あて先：〒141-0031　東京都品川区西五反田 8-1-5 五反田光和ビル 4 階　オーバーラップ文庫編集部
「泉谷一樹」先生係／「なかむら」先生係／「まめぇ」先生係

PC、スマホからWEBアンケートに答えてゲット！
★この書籍で使用しているイラストの「無料壁紙」
★さらに図書カード（1000円分）を毎月10名に抽選でプレゼント！

▶https://over-lap.co.jp/824001528
二次元バーコードまたはURLより本書へのアンケートにご協力ください。
オーバーラップ文庫公式HPのトップページからもアクセスいただけます。
※スマートフォンと PC からのアクセスにのみ対応しております。
※サイトへのアクセスや登録時に発生する通信費等はご負担ください。
※中学生以下の方は保護者の方の了承を得てから回答してください。